ルナティック
Lunatic Guardian
ガーディアン

# ルナティック ガーディアン

水壬《みなみ》楓子《ふうこ》

ILLUSTRATION：サマミヤアカザ

# ルナティック ガーディアン

LYNX ROMANCE

CONTENTS

# ルナティック
# ガーディアン

美しい月夜だった。鮮やかな満月だ。

北方五都と呼ばれるこの一帯では、見渡す限り木々も赤や黄色に色を変え、日に日に秋が深まっている。

長い冬の足音がそろそろ聞こえ始めており、本格的なその訪れを前にこの夜、月都《つきみや》の王宮では名月の宴《うたげ》が催されていた。

月都というだけあって、やはり人々の月に対する思い入れは強い。こもりがちになる寒い季節を前にめいっぱい夜を楽しもうと、……まあ、なかば飲み騒ぐための口実とはいえ、誰《だれ》もが楽しみにしていることは間違いなかった。

今夜が満月で、その前後を合わせて三日間のバカ騒ぎである。

貴族や官僚たち、そして兵士たちもが入り乱れての無礼講で、王宮のあちこちで開かれている宴に顔を出す。酒と料理と、そして多くは、めったに顔を拝むことのできない奥向きの侍女や女官たちとの出会いを期待して、だ。

もちろん王宮だけでなく、国中のいたるところでこの夜は、人々が広場に繰り出して楽しんでいるはずだ。

その美しい月光の中を、ルナは大きな翼を広げて飛んでいた。

もちろん、本体であるペガサスの姿だ。

眼下に広がる壮大な王宮からは雅《みやび》な楽の音が夜風に漂って立ち上り、酒に酔ったバカ笑いや調子の外れた歌声などもかすかに耳に届く。

うっかり誰かが空を見上げれば、あっ、と声を上げて、たちまち大騒ぎになっていいところだったが、そんな騒ぎも聞こえないのは結局、誰も月など見ていないということなのかもしれない。

だが、ルナとしてもその方がありがたかった。

とりわけ今の体調では、だ。

飛ぶ翼に力が入らない。まっすぐに飛べなくて、夜空でへろっと蛇行し、まるでコウモリみたいな不格好な飛び方になってしまう。

――も、もう限界……。

むぐぅ…、と喉《のど》の奥で低くうなり、バサッ…ボサッ…と大きな翼で力なく羽ばたいたあと、なんとか薄暗く人気のない庭の隅に滑空しつつ不時着する。

と同時に、美しく白い翼を持つ天馬《ペガサス》は華奢《きゃしゃ》な人間へと姿を変えていた。

「……とっ、とと…っ」

たたらを踏むみたいに地面に足をつき、その勢いで前に転がって、ようやく大きな木の根元で身体《からだ》が止まる。あたた…、と軽くぶつけた背中を撫《な》でてから、重い身体をぞろりと引き起こした。

ごつごつと荒い木の幹に肩を預けて、ハァ…、と長い息をつきつつ顔を上げると、木の葉の間からさっきまでいた空にぽっかりと月が浮かんでいる。

「マジか……」

片手で無意識に腹を押さえ、両膝《ひざ》を立てるようにして腰をついたまま、思わずそんな声をもらしてしまった。

気高き天馬ともあろう自分が無様に落下するとは。

しかしどうにも気怠《けだる》く、身体に力が入らない。ここしばらく体調が悪いことは自覚していたが、急にきた感じだ。とりわけ胃のあたりがムカムカする。

どうやら食あたりのようだった。

半年ほど前に、うっかりヘンな怪物をかじったあとから微妙に不調なのだ。治まってはまたぶり返す、と症状に山はあったが、日に日に吐き気というか、ムカつきもひどくなって。倒れるとか寝込むとかいうほどではないのだが、長々と腹のグズつきが治まらないのもうっとうしい。

おそらく今も、一晩ちゃんと休めばまた普通に飛べるくらいには快復するはずだった。

……とはいえ。

まずい。非常にまずい状況だった。

聖獣たるペガサス姿で人前をうろうろするわけにはいかず、なんとか人の形をとってみたが、考えてみればこの場合、服がない。つまり、今のルナは素っ裸なのだ。

月見の宴が華やかに行われている宮中をなんとかかいくぐって、裸でねぐらまで帰らなければならない。

が、ここはおそらく……外宮と中宮の間あたりだろうか。

広大な庭の一角。あまり人が来る場所でもないらしく、庭木や灌木《かんぼく》などにも、あまり手が入っていない感じだ。少し先に黒く見えるのは、兵舎か武器庫の影だろうか。

しかしどう考えても、ここから王宮の奥の奥にある自分の部屋に行き着くまでに宮中内の警備に見つからないはずはなかった。いくら宴の夜とはいえ、そこまで警備がマヌケなら、ルナの立場からしても不安である。

不審者として警備兵に捕まるのと、ペガサス姿でとぼとぼと歩いて帰って神秘性やらカリスマ性やらを失墜させるのと、どっちがマシだろうか……？

真剣にそんなことを考えてしまう。

——翼をしっかりと閉じていたら、普通の馬に見えないかなぁ……？

ちょっと考えてみるが、外宮から中宮、中宮から奥宮へと入るにはいくつもの検問があり、さすがに警備兵たちの目も厳しい。少なくとも馬が一頭でひょこひょこと歩いていれば、とりあえず近づいて保護し、主《あるじ》を探そうとするはずだ。

何というか、ペガサスなどは飛んでなんぼ、という感じで、普通の馬のふりをするのはプライドが許さない。……というわけではなかったが、やはりペガサスがトボトボ歩いていると、兵たちは何事かと思うだろう。そうでなくとも、ふだん人前に姿を見せない神秘の聖獣なのだ。

それこそ天変地異か、大動乱の前触れのように受けとられ、大騒ぎになってもまずい。

——かといって、素っ裸で歩いて帰るのもな……。

まあ、不審者として捕まったとしても、おそらく千弦《ちづる》——この月都の一位様、つまり世継ぎの皇子で、ルナを守護獣としている主である——まで話が届けば、すぐに身柄を引きとってもらえるはずではある。……その場合、どう言い訳するのかは千弦に考えてもらわなければならないが。

そもそもそんな「不審者」が宮中内をうろついていた、などという些細《ささい》な事案が千弦の耳に入るまでにどのくらい時間がかかるのかもわからない。

こんな月の明るい晩に、本体のペガサス姿で飛ぶこと自体が問題だったが、ルナとしてもちょっとしゃれっ気を出して、近くの山まで月見に出かけていたのだった。

本当は奥宮の庭から千弦と一緒に月を眺めてもよかった。宮中のバカ騒ぎにはほとんど参加しない千弦だったから、これまではルナが相手になって、たいてい一緒に過ごしてきた。

本当に出会った頃――ほんの赤ん坊の頃に、ルナが千弦を主と決めてから。

いつもそばにいて、遊び相手になり、話し相手になり、相談相手になり。政治向きのことに関しても、それ以外の個人的なことでも、愚痴でも八つ当たりでも聞いてやっていた。

見込んだとおり才気煥発《さいきかんぱつ》で天才肌だった千弦は、十歳を過ぎたあたりからすでに政務に携わっており、二十八となった今では、すでに父王に代わってなかばこの月都の政治の舵《かじ》を取っている。

ルナが教え導いた、というよりもほとんど勝手に育った感じで、やはりそのあたりが天性だったのだろう。

ルナが教えたことは、むしろ政治や経済、歴史などの学問や帝王学ではなく、もっと普通の知識だった。庶民の生活や感覚、王宮にいる多くの官僚たちの、王族に見せることのないふだんの姿や考え方。彼らと交わり、そんなものを知る必要性、だ。

主と守護獣という立場ではあるが、実際には気の置けない親友のようでも、兄弟のような関係でもあった。

なにしろ王族、しかも世継ぎだけに身内との関係は薄い。母親は幼い頃に亡くなり、王である父とも、別に関係が悪いわけではないが、毎日顔を合わせるほど親密でもない。たくさんいる弟妹たちはみんな腹違いで、ルナが誰よりもそばにいる家族だった。

だがその千弦にも、今は頼り、甘えられる男が他にいる。今までのように、ルナがいつもついている必要はなくなっていた。

気楽になった反面、やはり少し淋《さび》しい気がするのは否めない。

だがそれが成長というものだろうから、ルナが邪魔をするつもりはなかった。……まあ、たまにちょっかいをかけたくなったりもするわけだが。

今頃、千弦はその相手、警護役でもある牙軌《げき》と一緒に暢気《のんき》に月を眺めているのだろう。

――大事な守護獣である自分が、こんな絶体絶命の窮地に陥《おちい》っているというのにっ。

思い出したように内心でむかっ腹を立ててみるが、まったくの八つ当たりなのはわかっていた。

「う…たたたたた……」

うっかり身体に力が入ると、さらに鈍《にぶ》い痛みがずくん、と腹の奥に響く。

どうしよう。もうちょっと休んでいれば、少しくらい飛べるようになるだろうか。というか、同じヘタっているのでも、ペガサス姿にもどるべきだろうか。

さすがに裸でいるのは、恥ずかしいという以前に寒くなってきた。実際、裸であることの羞恥心《しゅうちしん》はさほどない。そもそも本体は裸なのだから。とはいえ、もちろん、人の目から見れば奇異に映ることはわかっている。

秋の夜風が容赦なく肌を刺し、もふもふでないにしても毛皮が恋しかった。

うっかりイリヤでも通りかからないかなぁ…、と思う。雪豹《ゆきひょう》のイリヤとは昔馴染《なじ》みだし、背中に乗せて帰ってくれれば温かい。兵たちも雪豹にはあまり近づかないので都合がいいし、雪豹の守護獣は兵士たちの間でよく知られているからフリーパスだ。もしくは、門を通らずとも塀を飛び越えられるかもしれない。

通常、守護獣たちがいるのは王宮のもっと奥の方なのだが、ネコでもネズミでもリスでも、この際、何でもいい。そのへんをちょろちょろしているのがいれば伝言を頼めるのだが。

むかつく胃を押さえながらそんなことを思っていた時だった。

バサバサッ、といくぶん乱れた羽ばたきが耳に届いたかと思うと、何か黒い塊が木の葉を突き破って落っこちてくるように目の前に降り立った。

あわてていたのか、単に飛ぶのが苦手なのか、おとととととっ、といったん顔から地面にコケてから、バッと顔を上げる。

『ルナ様？　……あ、やっぱりルナ様では？』

リクだ。フクロウの守護獣。

さすがに夜目が利くらしく、上空からルナを見かけてくれたらしい。

『ど…どうされたんですか？　こんなところで。……っていうか、その格好……』

もともと丸い目をさらにくりっと大きく見開き、ちょんちょん、と地面を跳ぶようにして近づいてくる。

「リク…、うわ、助かった。神殿へ帰るところ？」

ホッとして、ルナは口を開く。

『はい。せっかくのお月見だから、蒼枇《そうび》様のところに里帰りしてたんですけど。早めに神殿にもどらないと、朔夜《さくや》様がうるさいですし』

リクはもともと王弟の一人である蒼枇の守護獣だが、今は神宮庁で祭事を仕切っている朔夜のもとに出向（？）しているらしい。

「あー…、悪いけど、もっかい王宮に行って誰か呼んできてくれないかなぁ？　ちょっと具合が悪いんだ。動けなくて」

いつになく弱々しく頼んだルナに、リクが驚いたようにバサッと翼を広げて声を上げた。

『えっ？　大丈夫ですか？　――わかりました。じゃ、ここで休んでてくださいね。すぐもどってきますからっ』

それだけ言うと、ワタワタと飛び立っていく。

大丈夫か…？　と一抹の不安を抱えながらもそれを見送って、ふー…、とルナは長い息をついた。

とりあえず、よかった。なんとか、こんなところで野宿せずにすみそうだ。

少し気持ちが落ち着き、楽な体勢を探して無意識に身体を動かした時――ふいにサクッ…と草を踏むような音が近く、耳に届いた。

さすがにリクが誰かを呼んでくるには早すぎる。

ハッと身構えた瞬間――。

「誰かいるのか？」

わずかな緊張と不審さをはらみ、低い男の声が木の葉をすり抜けるように迫ってきた。

ヤバい、と思ったものの、結局、ルナは身動きがとれなかった。

一か八か、本体にもどるにしても……危ういタイミングだ。うっかり中途半端なところを見られるとさらにまずい状況になる。

凍りついたままのルナの目の前に、気配を探り当てたのかまっすぐに足音が近づいてきて、ザッ、と目の前の茂みが大きく揺れる。

そして次の瞬間、一人の男が目の前に現れた。見たことのない男だ。

四十前…、くらいか。灰色の髪と、同じ色の瞳《ひとみ》。長身でがっしりと体格がよく、服装からすると見回りの兵士らしい。宮中警備だろう。いや、身につけている剣の鞘《さや》の色を見ると、騎兵隊の所属だろうか。

まともに目が合った瞬間、なぜかざわっと、一瞬、全身が鳥肌だったような気がした。

本能的な恐怖、というのか、ゾクリ…、と背筋が冷える感覚を覚える。

——ペガサスである、自分が。

なんだ…？　ととまどったが、まあ、人の皮一枚の素っ裸である今の状態では、悪寒の一つもして当然かもしれない。

「これはこれは…」

ルナの姿に一瞬、目を見開いた男は、どこか飄々《ひょうひょう》と口の中で小さくつぶやく。

「思わぬ目の保養だったな」

そしてじっと、観察するみたいにルナを眺めてきた。

のんびりと腕を組み、相手を油断させるような口元の笑み。そのくせ眼差《まなざ》しには隙《すき》がなく――獰猛《どうもう》な肉食獣を思わせる。

今は腹が減ってないから狩りはしないが、とりあえず確かめておこうか――、とでもいった野生の雰囲気。

さして大きな事件も起こらないためか、漫然と宮中をうろうろしているだらけた警備兵にしてはめずらしい。

しかしその制服はいくぶん着崩れた様子でとても折り目正しい兵士とは思えず、いわば不良軍人といった感じだ。

ヤバそうな男に見つかったかな…、とルナは無意識に顔をしかめる。

おもしろがって仲間を呼ばれるか、問答無用で捕らえられ、全裸のままさらし者にされるみたいに引き立てられるか。

妙な真似をしたら、死ぬほど後悔させてやるからな…、と内心でうなりながら、ルナはゆっくりと近づいてきた男を、警戒するようにじっと見上げる。

とはいえ、状況的にはどう見てもルナの方が不審者なのだろう。

「何をしている？」

一通り観察し終わったのか、やがて男はもっともな質問を放った。

それはそうだろう。裸で庭の隅に――王宮の、だ――うずくまっていれば、誰だってそう聞きたくなる。

が、それに対する答えを、ルナは持っていなかった。

「……体調が悪いんだ」

とりあえず、正直にそう口にした。

もちろん、それが男の望んでいる答えでないことはわかっている。彼としては何よりもまず、「なぜ裸なのか？」を聞きたいはずだろうから。

「そのようだな」

それでも男は考えるように顎《あご》を撫でて、小さくうなずいた。

そんな言葉に、ルナは腹を押さえたまま、ちろりと男を見上げる。

「信じるのか？」

意外だった。普通に嘘《うそ》をついていると考えないのだろうか？

そうでなくとも怪しさは満杯である。こんな格好で油断させ、いきなり襲《おそ》いかかる、ということだってありえるだろう。

自分で言うのも何だが、人間の姿は案外、見目のいい男なんではないかと思う。

ふわりとウェーブのかかったやわらかい長めの髪に、キレイめの顔で。ふだんはダテでかけている眼鏡《めがね》はさすがに今は手元になかったが、可愛《かわい》さも愛嬌《あいきょう》もある（はずだ）。身体だってスレンダーでバランスがよく、……つまり、こんな最悪の体調でなければ、この全裸だ。男の一人や二人、悩殺できた――かもしれない。

　というか、そもそも体調が悪いのに裸でいることの方があり得ない。

「顔色が悪い。土気色だぞ」

「……マジで？」

　しかしあっさりと男に指摘され、ルナは思わずうなった。

　確かに吐き気はひどくなっていたし、全身が少しばかり震え始めていた。

「その格好、寒くないのか？」

「寒い」

　あたりまえだろ、と言わんばかりのルナの答えは、だったら何でそんな格好をしてるんだ、と返されそうでもあったが、男は黙って近づきながら着ていた上着を脱ぎ、うずくまったままのルナに肩から羽織らせてくれた。

「あ…」

　少しばかり驚いた。

　が、ルナはもそもそと腕を通すと、襟《えり》をつかんで身体にしっかりと巻きつける。肌が隠れると、さすがにホッとした。

　弱っている獲物をいたぶって遊んだり、とりあえず捕らえてストックしておくタイプの獣でなくてよかったな、と、ふとそんなことを思ってしまう。

　むしろ、窮鳥《きゅうちょう》懐に入れば――、といったタイプなのか。見かけによらず。

ふわりと男の匂《にお》いが身体を包み、なぜか一瞬、ざわっと全身が総毛立つ。どこか落ち着かないような気分になるが、それでも服に残っていた体温が冷え切った身体にじわりと沁《し》みこみ、少し安心してくる。

「助かったよ」

とりあえず、ルナは上目遣いに男を見ながら感謝を口にした。

「で、何をしている？」

胡散臭《うさんくさ》そうな目つきは相変わらずだが、それでもどこか楽しげに男があらためて口を開いた。

「王宮内で誰かに身ぐるみ剝《は》がされたとしたら問題だが。それとも……誰かとそういう特別なプレイ中なのか？　いくら宴の夜とはいえ、羽目を外しすぎだと思うがな」

その相手を探してか、ちらっとあたりを見まわしながら、いかにもな調子で尋ねてくる。

「違うわっ」

思わずルナはわめいていた。

――この国の守り神とも言える神聖なペガサスを変態扱いとはっ！

と、憤慨してみるが……まあ、客観的に見て否定する材料はない。

「だったら、単におまえの趣味か？」

「そんなわけないだろっ」

わざとらしく首をかしげ、すっとぼけた様子で聞かれて、嚙《か》みつくように言い返した瞬間、ぐぇ…、と吐き気が喉元までこみ上げる。

「……余計な体力、使わせるなよ。身が持たないだろ」

必死に我慢しているのに。

思わず恨みがましい目で男をにらんでしまう。

「それは悪かった」

ほとんど八つ当たりだとルナもわかっていたが、男が口元で小さく笑ってあやまってくる。

そして両腕で腹を抱えるようなルナの様子に、男がちょっと眉《まゆ》を寄せた。

「腹か？」

「胃のむかつきがひどいんだ」

「何かヘンなモン、食ったんじゃないのか？」

ど真ん中を指摘されて、ルナはむっつりと押し黙る。

……確かに、食った。

心当たりはありすぎたが、ルナは返事をスルーした。何を、と聞かれても困るし、肯定するのもちょっと恥ずかしい。

「服を買う金もなくて、何か拾い食いした、……というわけでもなさそうだしな」

……なんで？

と、痛む腹を抱えたまま、視線だけで尋ねてみる。

この状況なら、それもあり得そうだが。いや、我ながら、だが。

「王宮の中だからな。そこまで飢えてる人間がいるとは思えん。そうでなくとも、おまえはそんなに身分が低そうには見えない」

さらりと評された言葉に、なるほど、と思う。さすがに素っ裸でも高貴なオーラは消せないらしいな——と納得したルナだったが。

「もっとも、食い意地を張って古いスープかなんかをこっそり盗み食いした可能性はあるか。それで勝手に腹を壊したわけだな」

「そんなことするかっ。……くっ……う…」

にやりと笑って付け足され、思わずわめいた瞬間、ずくん、と鈍い痛みが腹の奥の方を突き刺す。思わず身体を折って低くうめいた。

「おい…、大丈夫か？」

さすがに心配になったのか、わずかに屈《かが》んでルナの顔をのぞきこむようにして尋ねてきた男を、ルナはなかば涙目でにらみつけた。

「大丈夫に見えるなら、おまえの目は節穴だな」

それでも減らず口をたたくルナに、男が苦笑いする。

なかなかに渋い横顔だが、軽くあしらわれている気がしてムカッとした。

「立てるか？」

頭上から軽く聞かれ、ルナはちょっと鼻の頭に皺《しわ》を寄せるようにしてうかがう。

「どうするつもりだ…？　私を、捕らえるのか？」

リクの呼んでくれる助けは間に合わないか…、とハラハラしつつ、ルナは尋ねる。

そうなると、本格的に千弦に助けを求めなければならなくなる。連絡してくれるネズミくらいは、牢屋《ろうや》にいるだろうか？　ルナが消えればリクが探してくれるだろうから、窓があれば何とか連絡がとれるかもしれない。

「そうだな…、まあ、見回りの役目を負っている以上、これだけあからさまに不審な人物を見逃すわけにはいかないだろうな。まさしく俺の目は節穴ということになる」

そんなことを考えていたルナに、とぼけたように男が返してきた。しかしまったく当然なだけに、ルナとしても返す言葉はない。

「とはいえ、宮中に入りこめるほど手練れの盗賊やら刺客やらが、こんなところに素っ裸で転がっているほどマヌケとも思えんしな」

まったくもっともである。

のんびりと言われ、……いろいろと正論過ぎてさらに腹が立つ。

「それにこのままおまえを引っ立てていくと、むしろ俺の品性が疑われそうでもある」

いくぶんまじめな顔で言った男に、ルナは軽く鼻を鳴らした。

「違いないな。もっとも、それほど品性溢《あふ》れる貴公子にも見えないけどね」

そんな皮肉に、男がルナを眺めて唇で笑う。そしてさらりと尋ねてきた。

「名前は？」

「虚弓《こきゅう》」

ルナが人の姿をとっている時に使う名だ。

「身分は？　官吏か…、誰かの側仕《そばづか》えか？」

確かに素っ裸では、身元の特定はおろか推測も難しいはずだ。普通は身につけているもので身分や立場を推《お》し量る。

「傷一つないきれいな身体をしている。武官ではなかろう」

……そんなにじっくり見たのか？

さらりと続けられた言葉に、ルナは思わず白い目になってしまう。

「それは言えない。だが、あやしい者じゃない」

答えたルナを、男がじっと眺めてくる。目が合って、おたがいに苦笑した。

「……といっても、説得力がないか」

「そうだな。あやしい人間が、あやしい者です、と名乗ってくれると、こっちとしても手間が省けてありがたいが」

肩をすくめて言うと、ふと思い出したように男が自分の懐を探った。

「そうだ。ほら、これを飲んでおけ。腹の薬だ」

とり出したのは小さな袋で、さらにその中から丸薬を一粒、手のひらに落とす。薬草を固めたものらしい、草っぽい匂い。

「いや…、必要ない。しばらく放《ほう》っておいてくれれば治まる」

人間の薬が効くかどうかも疑わしく、ルナは素っ気なく断った。

「信用しろ。よく効くぞ。俺が作ったものだからな」

余計に疑わしい。

「いいから、俺にかまうな。捕らえるつもりがなければ行ってくれ」

「人の服を借りておいて、それはなかろう」

……そう言われると、言葉もない。

「これはあとで返す」

男から視線を逸《そ》らせ、うなるようにルナは言った。

「世話が焼けるな」

やれやれ…、とため息をつくような男の声が聞こえたかと思った次の瞬間——。

「な…っ」

いきなりグイッと腕を引かれたかと思うと、わずかに浮いた身体が抱きよせられた。そのまま引き立たされて、片手でがっちりと顎がつかまれて。

一瞬、何が起こったのかわからなかった。

気がつくと唇が塞《ふさ》がれ、男の舌が強引に口の中に入りこんでいる。

えっ？　と思った時には、喉に押し込むようにさっきの薬が飲まされたことがわかった。

「む…っ、ぅ…っ」

まさか自分にこんな暴挙を働く人間がいるとは思わず、我に返った瞬間、ルナは両手で男を突き放そうとしたが、腹具合の悪さもあってまともに力が入らない。そのもがく手首ががっちりと押さえこまれ、もう片方の手でうなじがつかまれて、そのまま身体は後ろの木に押しつけられ、完全に逃げ場を封じられる。

苦い味が口の中に広がり、ルナはとっさに薬を吐き出そうとしたが、その気配を察してか男は唇を離してくれず、さらに深く舌を絡めてくる。

それだけでなく、ルナの両足を強引に割るようにして男の膝が入りこみ、内腿《うちもも》をこするようになぞったかと思うと、剝《む》き出しの中心が軽くもてあそぶように刺激される。

「ふ…っ、ん…っ…んん…っ」

腰の奥から妙な感覚が湧《わ》き上がり、腹の痛みとごちゃ混ぜになって、足にも腰にもまともな力が入らない。

息が苦しく、いっぱいに唾液《だえき》がたまり、とうとうルナは薬を飲み下してしまった。

それを確認してから、ようやく男が唇を離す。湿った音がかすかに耳に届く。

「甘いキスがしてやれなくて残念だ」

にやりと笑った男の顔に、ようやくルナは我に返る。

「お…まえ…っ、——ふざけるな…っ！」

男の腕が少し緩んだのがわかると、渾身《こんしん》の力で男の腹を膝蹴《げ》りし、その身体を突き放した。

「おっと…、意外と元気だな」

わずかに間合いをとって、おどけたように男が両手を上げる。

「さっさと失《う》せろっ」

腹を押さえてよろけた身体を後ろの木に預けながらも、ぜいぜいとルナはわめく。

——不覚だった。いや、あり得ない。

聖獣であるペガサスが、こんな普通の人間にあっさりと押さえこまれ、簡単に——唇を奪われるなど。いや、もちろん体調が悪いせいでしかないはずだが。

「そう言われても、このままおまえを放っておくわけにはいかんだろう。病人にしても、不審者にしてもな」

「それは……」

肩をすくめるようにしてあっさりと指摘され、ルナは言い淀んだ。

もちろん、この男の立場ならそうなのだろう。

その時だった。

ザザザッ…！　といきなり木の葉を突っ切るような勢いでフクロウが飛んできたかと思うと、そのあとを追うように一人の男が姿を現した。牙軌だ。

ルナのすぐ頭上の木にとまったフクロウをちらっと横目に、男が一瞬に全身を緊張させて牙軌と向き合う。

牙軌の方も他に人間がいるとは思わなかったようだが、気配を察した瞬間、間合いをとって刀の柄《つか》に手をかけた。

まばゆい月光の下、おたがいに相手を探り合う。

牙軌が男から目を離さないまま、淡々と確認してきた。

「ル…、虚弓。……大丈夫なのか？」

牙軌はルナに対して、ペガサス姿の時は丁重な口の利き方なのだが、虚弓の時には比較的ぞんざいになる。それぞれの姿で出会った時の感覚なのだろう。とりわけ、他人の前では。

牙軌はルナの正体を知る、数少ない一人だった。王族でさえ、知っている者は少ない。

「大丈夫……とは言えないけどね。まあ、なんとか」

「牙軌殿…？　一位様の警護役だな」

ちょっとホッとしてうめくように答えている間に、どうやら男の方が認識したらしい。わずかに緊張を解く。そして牙軌とルナとを見比べるようにして尋ねた。

「知り合いか？」

「そうだ。この者の身元は保証する。……あなたは？」

返した牙軌の言葉からすると、牙軌の方は男を知らないようだった。

「公荘《くじょう》という。第九騎兵小隊を任されている者だ」

「騎兵隊？　にしては、見覚えのない顔だが」

名乗った男に、牙軌が訝《いぶか》しげに眉を寄せた。

常に千弦のそばにいる牙軌からすれば、騎兵隊は比較的馴染みがある部署のはずだ。基本的に王族の警護につくのは近衛隊だが、騎兵隊も外での警護や儀式や式典の際に華を添える役割につくことが多い。

が、公荘、という名に、ルナも聞き覚えはなかった。

それに男――公荘が苦笑いする。

「騎兵隊と言っても、俺は華やかに表に立つ立場ではないからな。第九くらいになると雑用が主だ。一位様の目に触れるような場所にはいない」

なるほど、というように牙軌が小さくうなずいた。そしてちろっとルナを横目に淡々と口にする。

「面倒《めんどう》をかけたようで申し訳ない」

別におまえにあやまってもらうことじゃないぞっ、とルナは憮然《ぶぜん》としたが、ここで話をややこしくしても仕方がないので黙っている。……まあ、迎えに来てもらった立場でもあるのだが。

「では、あとは任せてよさそうだな」

さらりと言うと、公荘がスッと視線をルナに向けてくる。

「お大事に、虚弓殿」

意味ありげににやっと笑って言われ、ルナはむっつりと男をにらんだ。

この男からすれば、腹具合が悪いくせになぜか素っ裸で庭に転がっていたアホな男、というわけだ。ことによると、牙軌を相手にそういう裸プレイ？　的なことをしていたのかと誤解しているのかもしれない。察してはいるが、そのあたりはつっこまないでおいてやるよ、とでも言いたかったのか。

このペガサス様をコケにするとは……。

ほとんど八つ当たりだとわかっていたが、ルナとしてはその感覚しかない。

――覚えてろよっ！

去っていく男の背中をにらみつけ、ルナは内心で吠《ほ》えていた。

明らかに、負け犬――いや、負け馬の遠吠えだったが。

※　※

雪都《ゆきみや》、花都《はなみや》、鳥都《とりみや》、風都《かざみや》、そして月都。

北方五都と呼ばれるそれらの国々の中でも、月《つき》ノ宮司家《みやつかさけ》を王家とする月都はもっとも大きな国土と勢力を誇り、長い歴史を通じて安定した発展を続けてきた。

そして今よりも、次代におけるさらなる繁栄はすでに約束されたものだった。

なぜなら、次の王となる一位様——千弦の守護獣にペガサスがついたからである。

北方五都では、王家の直系の血筋には幼い頃から守護獣がつくことが基本だった。その守護獣の力を得て国を守り、国のため、人々のために力を尽くすことが王族の責務とされている。高貴なる義務《ノブレス・オブリージュ》、ということだ。

守護獣の種類はさまざまだ。犬、ネコやウサギ、リスなどの小動物から、トラやクマなどの大型獣。鷲《わし》や鷺《さぎ》、フクロウなどの鳥類。ヘビやカメ、という場合もある。

守護獣たちはそれぞれ、自分に合った「主」となるべき人間を選ぶ。つまり、戦闘向き、医療向き、建築向き、学問向き……そんな特性に合わせて。おたがいの相性がよければ、その相乗効果によってさらに大きな働きができるのだ。

守護獣たちは主を選ぶ際にはその能力や資質、そして人物を見極めなければならない。守護獣たちとしても、やはり力の強い主を得られればそれだけ自分の能力を発揮でき、それによって自らの生命力を高め、寿命を延ばすことができる。

そして何よりも、主から与えられる愛情が大きく影響する。

一度、主との「契約」を結べば、守護獣の方からそれを切ることはできず、十分な愛情が与えられずにただ道具のように使われるだけなら、逆に命をすり減らすことになるのだ。

王家の人間であれば守護獣がつくのはあたりまえだったが、ペガサスのような「聖獣」がつくことはやはり稀《まれ》だった。三千年と言われる月都の長い歴史の中でも、始祖である月王と、中興の祖と呼ばれる名君と、戦乱の中で国を守った猛王の三人にだけついていた——とされる伝説の聖獣である。

すなわち、今の一位様はそれに匹敵する王になる、とペガサスに予言されているようなものだった。

ペガサスの存在は、それだけで他国に対する圧倒的な抑止力になり、脅威《きょうい》でもある。月都の民衆にしてみれば、絶対的な守護獣がいる間、月都が他国に侵略されることはあり得ず、他国からすれば常にその危機感がある。

とはいえ、ルナからしてみれば逆だった。

自分がいるから月都が繁栄するわけではない。それだけの人材が生まれたから自分が「呼ばれた」に過ぎないのだ。

千弦のような傑出した為政者としての能力を持つ人間は、やはり敵も多くできる。疎まれることや、命を狙《ねら》われる危険も増える。その才能を開花させる前に潰《つぶ》されることもあるだろう。

自分がそばにいてやらないと危ういな、と思ったのだ。

千弦の後ろ盾《だて》になることが自分の存在意義だった。

ペガサスが守護獣なのだから、間違いなく能力のある次代の王なのだ——と、それをまわりに知らしめる。つまらない後継者争いなどに巻きこまれないように。

だから守護獣とはいえ、ルナがふだん千弦のそばにいて何をしてやる、ということはほとんどなかった。象徴的な存在として、年始の儀式やら何か特別な式典くらいにしか、その神々しい姿を見せることはない。

一般の民衆だけでなく王宮の人間でも、ふだんペガサスは故郷の山に暮らしていて、何か危機が訪れたり、ご神託があるような時に千弦のもとにやってくる、とか、王宮の奥の奥で長い眠りについているとか、思っているようだ。

だが実際には、ふだんは「虚弓」の姿でうろうろしているのだった。王宮内や、必要に応じて国中のいたるところを。

なかば趣味的なものではあったが、半分は千弦のための「密偵」でもある。なかなか千弦の耳にまで入らない小さな出来事や、不穏な気配、貴族や官吏たちの不正を見つけては報告している。

人々の「ペガサス」に対する期待と幻想を裏切らないように用心しつつ、ルナとしては、そんな日常をのんびりと楽しんでいたのだった——。

ルナは――いや、虚弓は復讐《ふくしゅう》を誓っていた。

どう考えても、あんなに軽々しく自分の唇を奪った男を野放しにしておくわけにはいかない。

もちろんルナの立場であれば、公荘とかいうあの男を牢にぶちこむことも、降格させることも、追放することも簡単ではあるが、……しかし、そんなことでは気がすまない、というか、そういうのとはちょっと違う、というのか。

自分の手で、あの男にぎゃふんと言わせたい――のだ。

どうしてくれよう……。

◇　◇

ゆうべは牙軌に連れ帰ってもらってからベッドに入り、ぐだぐだと頭の中で考えているうちに腹の痛みもだいぶん治まってきて――腹は立つが、飲まされた薬のおかげかもしれない――、いつの間にか眠ってしまっていた。

目が覚めた時、あたりはずいぶんと明るくて、すでに昼に近いようだった。少しばかりぼんやりと白い天井を見つめる。

ひさしぶりにたっぷりと眠れたらしく、気分は悪くなかった。

しばらく怠惰に温かい布団の中でまどろんでいたが、ようやくむっくりと身体を起こす。

人の姿で寝ていても、起きた時には本体のペガサスにもどっていることが多いのだが（そのため、ベッドは低めで大きめである)、どうやらまだ人間のままだった。

めずらしいな…、と思いつつも深くは気にせず、肩のあたりをもむようにしてから大きく伸びをする。体調のせいかとも思ったが、腹の痛みや胃のむかつきは、とりあえず治まっていた。まあ、またぶり返す可能性もあったが。

全裸で寝ていたのは、ゆうべ部屋にもどってそのままベッドに倒れこんだ、ということもあるのだが、ふだんから寝る時は裸だった。寝ぼけているといつ寝返りを打つようにペガサスの姿にもどるかもしれず、うっかり服を着たままだと破れてしまう。そもそも野生(?)の姿だと裸なわけだし。

ベッドから足を伸ばして起き上がり、さすがに羽織るものを探してあたりを見まわすと、そばのイスの背に無骨なコートが掛けてあるのが目に入った。

見覚えがないこともない——が、自分のものではない、ゆうべ公莊が貸してくれたものだ。

丈夫そうではあるが、ごわごわと肌触りがよいものではなく、ルナはクローゼットを開けてローブを引っ張り出すと腕を通す。

そのままふわふわとあくびをしながら、控えの間というか、ルナが居間のように使っている隣の部屋をつっきり、もう一つ扉を開けると、パッと明るく視界が開けた。

中庭に面した広い一室には光が溢れ、窓際の一角には大きな机があって、いつものように千弦が執務についている。政治、経済、外交と連日押し寄せる膨大な国務を、千弦は中宮にある執務室か、奥宮にあるこちらの私室でこなしていた。

そして警護役である牙軌は、いつものようにその少し後ろでじっと立ったままだ。

武人である牙軌が千弦の仕事を手伝えるわけではなく、立っているだけでは退屈そうだが、いつも何を考えているのだろう、と思ってしまう。まあ、牙軌のことだから、千弦の顔を眺めているだけで幸せなのかもしれないが。

扉の開く気配に、中にいた二人の視線がいっせいにルナに向けられる。ついでに、一人掛けのソファに寝そべっていた黒猫もちろっとこちらを眺めてくる。

「おはよぉー」

頭を掻《か》きながらのんびりと言ったルナに、ペンを持つ手を止めた千弦がわずかに眉を寄せた。

「もう昼過ぎだがな。……腹具合はどうなのだ？」

月の化身のごとく端麗な美貌《びぼう》だが、今はむっつりとした表情に、いくぶんトゲのある口調だった。

どうやら、一位様にはあまりご機嫌がうるわしくないらしい。

「んー、だいぶん治まったかな。まだ本調子じゃない感じだけど」

しかし長い付き合いだ。気にもせずに答えながらルナは黒猫を抱き上げ、代わりにソファに腰を下ろしてネコを膝に抱え直した。

それを横目ににらみながら、千弦がぶつぶつと小言を言う。

「まったくペガサスにはあるまじき醜態《しゅうたい》だな。素っ裸で庭をうろつくなど…」

ゆうべは顔を合わさないままだったが、もちろん牙軌から報告が入っているわけだ。

「うろついてないだろ。一カ所でじっとおとなしくしてたもーん」

「つまらぬ手間をとらせるな。裸で牙軌におぶさって帰ってくるとは情けない」

いつになくツンケンと不機嫌な千弦に、ああ、なるほど、とルナもようやく察する。にやりと笑って、ことさら朗らかに口にした。

「そうそう、ゆうべはありがとね、牙軌。やっぱり牙軌の背中は広くてがっしりとしてて温かかったなぁ。体温が肌に沁みこんで、気持ちよかったよ。……あれ？ そういえば千弦は牙軌におぶってもらったことはなかったかな？ 抱き上げられたことはあるんだろうけどね。ああ…、私の方が先に奪っちゃって悪かったかなー」

いかにも嫌がらせに言ったルナに、ピクッ、と千弦のこめかみあたりがヒクついたのがわかる。

「勝手にっ！ 牙軌を使うなっ！」

世間的には常に冷静沈着、公明正大で、美しく気高く、聡明《そうめい》で、八つ当たりなどあり得ない月都の一位様がどこか悔しそうに嚙みついてくる。ルナと、そして牙軌の前でだけ、見せる姿だろう。

「別に私が牙軌を指名したわけじゃないけどね。リクが牙軌に連絡したんだろ？」

ちらっと千弦の後ろに黙って立ったままの牙軌に視線をやると、相変わらずの無表情で、淡々と牙軌が答えた。

「千弦様は陛下やご兄弟とご会食中でしたので、ご判断も仰げず。他の者をやるわけにもいきませんでしたし」

あわてて千弦に知らせにきたリクが、代わりに牙軌に報告した、ということなのだろう。

千弦の命令を待ったとしても、結局は同じ判断になったはずだ。「虚弓」の正体を知る人間は、千弦の他には牙軌くらいだったから。王宮にいる守護獣の中にはリクのように察している動物もいるので、あるいはその主たちも知っているのかもしれなかったが。

ただあらためて聞かれたり、何かの機会があって話すことになるのでなければ、ことさら守護獣の方からルナの正体を口にするわけではない。そのあたりは、守護獣の間の仁義のようなものだ。

何にせよ、牙軌がそこで千弦の命令をおとなしく待っていたとしたら、今頃ルナはあの男に連行されていたかもしれないわけで。

真っ裸で牢にぶちこまれ、ことによると他の罪人たちのいいオモチャになっていたかも、と思うと、さすがにゾッとしない。

ただ…、何となく、あの公荘という男が無防備な自分をそのまま牢に入れていたような気はしなかったけれど。

いずれにせよ、ゆうべの牙軌の判断には感謝すべきだろう。

「別にそんなことで焼き餅《もち》なんか焼かなくても、千弦はいつでもしてもらえるだろ。なんなら今晩、風呂《ふろ》へ行く時にでもおんぶしてもらえばいいし」

でもやっぱり、おちょくりたくなる二人なのだ。

素知らぬふりで、ルナはうそぶく。

実際、今までに機会がなく、思いつかなかっただけだろうから。

「別に……焼き餅など焼いてない」

千弦が微妙に視線を逸らせつつ、口の中で小さくうめく。

しかし指摘された以上、千弦としてはやりたくなったはずだ。生まれた時から世継ぎとして育てられただけに、そういう普通の、何気ないことをやりたがる。

それこそ、今晩にでも、だ。

きっと風呂でいちゃいちゃしたあげく、おぶられて寝室までもどってくるのだろう。

のぞきにいってやろっ、と、わくわく考えたルナの心中を見透かしたように、膝の黒猫がちろりと白い目を向けてくる。

ルナはすっとぼけた顔で視線を外し、懐柔するようにネコの頭をゆっくりと撫でた。

「それにしても…、まだ体調はもどらないのか？　ずいぶんと長引いているな」

それでもようやく気を落ち着けたらしく、千弦がわずかに首をかしげて尋ねてくる。一応、自分の守護獣の心配はしてくれているらしい。

「やっぱりアレだろうな…。あの怪物をかじったおかげで、多少、その血も飲んだわけだしね」

そう、原因はわかっていた。半年ほど前に起きたクーデターで、首謀者たちが封印していた古《いにしえ》の怪物を蘇《よみがえ》らせようとしたせいだ。蛇のような、獅子《しし》のような、キマイラだった。

得体の知れない怪物で、正直嫌だったが、さすがに伝説の守護獣としてはそれと戦わなければ立場がない。ので、とりあえず噛みついて力を奪い、封印し直したわけだが。

その時に、少量ではあったがその怪物の血が体内に入り、じわじわと毒が広がるみたいに影響を与えているのだろう。死ぬほどではないと思うが、抜けきるまでにどのくらいかかるのかわからない。

「ペガサスというのは、不死身なのですか？」

と、めずらしく牙軌が口を開いて尋ねてきた。

「もちろん、不死身で無敵だともっ」

ルナはふふん、と鼻を鳴らし、胸を張って答えてやる。

「それなのに、食あたりでうなっているんですね…」

「何が言いたい？」

つぶやくように言われて、むっつりと返したルナだったが、ちょっと息をついて、背もたれに深く身体を預け直した。

「ま、まじめな話をすれば、不死身というわけではない。寿命もあるし、出血がひどければ死ぬし、未知の毒でも死ぬかもしれない。……多分ね。まだ死んだことがないからわからないけど」

「それはそうですね」

牙軌が生真面目《まじめ》にうなずいた。

「そうなのか？」

千弦がちょっと驚いたように瞬《またた》く。

そういえば、千弦が生まれた時からの長い付き合いになるわけだが、そんな話はしたことがなかっただろうか。いつもそばにいてあたりまえの感覚でいる千弦よりも、牙軌の方が客観的に見ているのかもしれない。

「死にかけたことはあるよ。ええと…、七百年くらい前？　あの時はグリフォンと戦って、腹を爪《つめ》で引き裂かれたんだよな…。痛かったわー」

今思い出しても痛みを感じる気がして、思わず顔をしかめる。

もっとも向こうの首のあたりにも噛みついて相応のダメージは負わせたから、双方瀕死《ひんし》で、あたりは血の海だった。

伝説の古戦場は、「血溜《ちだ》まりの森」とかいう地名が残っているはずだ。

「大丈夫だったのか？」

いつになく息を詰めるように、千弦が尋ねてくる。

今まで、ルナが死ぬ、などということを考えことがなかったのだろう。

「大丈夫だったから生きてる。あのあとはしばらく仮死状態で寝てたよ。三百年くらい」

ルナはあえて軽く肩をすくめてみせた。

そうでなくとも、ルナたち聖獣の冬眠……というか、仮睡期間は長い。主を亡くしたあとは、基本的に百年ほど眠ったままだし、起きて栄養補給したあとも、また次の主を決めるまではまったりと寝て過ごすのだ。

「まぁ、普通の守護獣相手ならどうということはないけどね。やっぱりグリフォンとか、クラーケンとか？　ああいうのが敵にまわるとやっかいだな」

「同じ聖獣なのに、戦うことがあるのですね…」

牙軌がつぶやくように口にする。

さすがに武人だけあって、そういう興味はあるようだ。

「そりゃね。相性もあるし、それぞれ敵対する国の主を持つこともあるわけだし。まあ、同時代にそんな聖獣があちこちで現れることはめったにないと思うけど」

「聖獣同士がぶつかると悲惨な状況になりそうだな…。周辺の被害も大きそうだ」

千弦がわずかに顔をしかめる。

「案外、おたがいに抑止力が効いていいのかもしれないけどね」

ルナは低く笑う。

が、正直、他の聖獣にはできるだけ会いたくない。

なにしろ、グリフォンなどは主食が「馬」である。……いや、決してペガサスは馬ではないのだけども。

「まあともかく、体調不良がこれほど長引くのも問題だ。一度、蒼枇の叔父上のところへでも顔を出して、きちんと相談した方がよいのではないか？」

ペンをおいた千弦が机の上で指を組みながら、いくぶん難しい表情であらためてルナに向き直った。

王弟の一人、つまり千弦の叔父である蒼枇は、守護獣たちのケガや病気などの面倒もみている。ペガサスが範疇《はんちゅう》かどうかはあやしいが、はっきりとした原因なり、薬なりがあるかもしれない、ということだろう。

しかしルナとしては、そこまでの必要性は感じておらず、うーん…、とあまり気が乗らないままになった。そもそも動物なので、弱っている無防備な自分を他人にさらすことに抵抗はある。いや、別に蒼枇を信用していないわけではないのだが。

そんなルナをわずかににらむみたいにして、千弦がさらに続けた。

「それこそ遷宮の儀式の最中に、裸で空から落っこちられでもしたら目も当てられん。あらためて月

都の威信を示す場で、恥の上塗りだからな」

「いや、まさか…」

へらへらとルナは愛想笑《あいそ》いで返すが、……昨日の今日だ。こうした前例を作った今となっては、いささか説得力に欠ける。

実はひと月ほど先に、月都では遷宮の儀式を控《ひか》えていた。やり直しの、と頭につくが。

月都の祭事全般を執り行っている神宮庁では、「神殿」でそのほとんどの儀式やら通常の業務やらを行っているわけだが、その神殿というのは王宮の広大な敷地の西と東に二つある。両方を使っているわけではなく、二十年ごとに場所を移し、交互に使っているのだ。

二十年に一度、神官の引っ越しとともにご神体を移す儀式を「遷宮」と呼ぶのだが、その二十年目に当たる今年、本当なら半年前に行われているはずだった。

が、数十年の長きにわたって神宮庁の内部に潜んでいた不穏な勢力が、そのタイミングを待って行動を起こしたのだ。

国家転覆を狙ったその陰謀は、ルナも手を貸してどうにか未然に防いだわけだが、移動する予定だった東の神殿が半壊し、否応なく儀式は延期になってしまった。

見方を変えれば、神殿の半壊程度で被害が収まった、とも言えるのだが、実際のところ、神事が延期などということはあってはならない事態だし、あの騒ぎでは王家の威信も少しばかり傷ついた。

そのため、ちょうど五都持ちまわりの会議が月都で行われる予定もあって、新しく建て直した東の神殿への遷宮の儀式は、その会議の出席者である各都の王族を招いての大々的なお披露目の式典にすることになったのだ。

そしてその儀式には、ルナもめずらしく姿を見せることになっていた。

月都としては、むしろ、月都内部にゴタゴタがあった、ということよりも、その大きな陰謀をルナの力で未然に防ぐことができた、という功績の面をアピールしたいわけである。

という千弦の依頼もあって、ルナは儀式の最中にサッと上空を舞って遷宮を祝福する、というくらいのパフォーマンスを予定していた。

確かに、そんな状況で落下したらかなり不吉な上に、各国からの使節にしても一気に「ペガサス、怪しい…！」という論調になるのだろう。

そうでなくとも、その存在はずっと、他国の人間からは疑問視されていた。

ルナ様――ペガサスは本当にいるのか？　本当に一位様の守護獣についているのか？　と。

ただのはったりではないか、という噂《うわさ》――疑惑は昔から根強かった。もちろん、月都の民は信じたいという思いが大きいわけだし、王族が嘘をついていると積極的に疑う理由はない。

が、他国の人間にとっては、偽物であれば気は楽だし、もし騙《だま》されているということであればおもしろくない。

ペガサスはふだんから連れまわれるような守護獣ではないわけで、今も年始の儀式で年に一度、遠くから姿を見せるくらいだ。それなら、白馬に張りぼての翼をつけるくらいであざむける、という疑いは消えないらしい。

ペガサスやユニコーン、あるいはグリフォンといった「聖獣」は、いる、と吹聴《ふいちょう》するだけで他国への大きな牽制《けんせい》になる。そして実際、そう謀《たばか》って公言した例も過去にはいくつかあったらしい。

かつて、それらの聖獣が起こした「奇跡」の伝説は国ごとに数多く伝えられてはいたが、もちろん実際目にした人間が現存するわけではなく、歴史は常に、時の為政者によって都合よく書き換えられる。あるいは、改変、誇張される。

聖獣の能力や偉大さは、伝説によってのみ、語られているわけだ。

例の半年ほど前の神宮庁の陰謀も、もしルナがいなければ地底から呼び覚まされた悪《あ》しき怪物によって月都の王都は壊滅状態だった——その怪物をかじったおかげで腹を壊したのだが——かもしれないが、当事者以外には、噂が噂を呼んでいるくらいで、どこまでが真実かはわからないはずだ。

神宮庁での儀式というのは神事であり、本来は王族だけで執り行われるので、神官や警備以外では一般の官吏たちも関《かか》わらない。それだけに、実際に見聞きした人間は少なかった。

その神宮庁の騒ぎも、あと五百年くらいしたらもしかして「王宮を破壊し、国を滅ぼそうとしていた邪悪な怪物と死闘を繰り広げたペガサスが、瀕死の重傷を負いながらも主である時の王太子の命を賭《と》した祈りを受け、純白の翼を折られながらもついに勝利した」とかいう、一大叙事詩となっている可能性もある。

ともあれ千弦にしてみれば、ペガサスという存在に対して疑惑の目を持っている他国の人間たちにも、この際、ペガサスの存在を認識させたいところはあるのだろう。

そんな大切な舞台である。それでうっかり落っこちたら目も当てられない、というか、いかにも怪しすぎる。

「そうでなくとも、密偵が入りこんでいるという情報があるからな」

小さなため息をつき、続けて言った千弦に、ルナは肩をすくめた。

「それは今に始まったことじゃないだろう」

今までだって、密偵が入りこみ、見つけ出し、追い出して、また入りこみ、の繰り返しだ。

逆に月都の方から各都へ送りこんでいる密偵もいるはずだった。

「そう。だが今回はかなり深いところに潜りこんでいるようでな…。なかなかしっぽがつかめない。しかもこのタイミングだ」

千弦がいくぶん真剣にルナを眺める。

「おまえが遷宮の儀式に姿を現すということが知れていれば、密偵としてはあらかじめ何か仕掛けをしていないか探ってくるだろう。おまえが偽物のペガサスなら、という前提だが。あれば式典で暴いて、月ノ宮司家にダメージを与えたいはずだからな」

「別に問題はないだろう？　本物なんだし」

にっこり朗らかに返したルナに、千弦が憎たらしくさらりと言う。

「本当の偽物以上に偽物臭いがな」

「なんだ、それは」

むっつりとルナはうなる。

意味がわからん。

「問題は、本物のペガサスであろうが、偽物の馬であろうが、儀式に出られないようにおまえを害する動きがあるかもしれん、ということだ」

「つまり、ペガサスの命を狙っていると？」

淡々と続けた千弦に、他人事のようにのんびりとルナは聞き返す。

「おまえも不死身ではないのだろう？　そうでなくとも、ペガサスのまわりを探られること自体、面倒なことになる。『虚弓』の正体がバレると、さらに狙われやすい。儀式に現れることがわかっていれば、いろいろと手の打ちようもあるだろうしな。かといって、ここで理由をつけて儀式に現れないとなると、月都の威信は大きく傷つく」

「結局は偽物だった、ペガサスなどもとからいなかったということになり、外交上、月都は大きな痛手を負う、というわけだ」

あとを引きとったルナを、千弦が軽くにらんだ。

「そうだ。だから儀式まではおとなしくして、体調を万全に整えてほしいのだが？」

「そうだな。おいしいものをいっぱい食べて、睡眠をいっぱいとって、いっぱいブラッシングして、お肌をつるつるにしておくよ」

あえて軽い調子で言いながら、ルナは立ち上がった。黒猫がいったん膝からすべり降り、再び空いたソファにうずくまる。

そんなルナに、千弦があからさまなため息をついてみせた。そして部屋にもどりかけたルナの背中に声をかけてくる。

「虚弓の姿でうろうろするのなら、しばらくは警護に守善《しゅぜん》でもつけておこうか？」

守善は千弦の数多い弟の一人で、剣の腕はかなりよく、近衛隊の小隊長を務めている。

弟妹とはいえみんな腹違いで、誰をどれだけ信頼できるかは怪しいところだが、守善は間違いなく信頼できる一人だ。

「大丈夫だよ。七位様なんかについてまわられちゃ、何事かと思われる。身軽に動けることが虚弓の利点だからね」

軽く茶化すように言って、ルナは肩をすくめた。

千弦にもルナの答えはわかっていたのだろう、気をつけろ、とだけあとに続ける。

と、思い出したように牙軌が口を開いた。

「そういえば、昨晩ルナ様が身につけておられたのは公荘殿のコートでしょう？　私の方からお返ししておきますか？」

「公荘？」

聞き慣れない名に、千弦がわずかに首をかしげる。

「裸のルナ様を見つけて保護してくださった方です。騎兵隊の小隊長だとか」

それに牙軌が静かに答えた。

いや、確かにそう言われればそうかもしれないが、客観的に聞くと微妙に恥ずかしく、そしてなぜか腹立たしい。

「いいよ。自分で返す」

素っ気なく言って奥へ帰ろうとしたルナは、あ、と思い出したように立ち止まり、くるりと二人に向き直った。

「あ、そうそう。牙軌にも礼を言っておくよ」

何気なく口を開いて、にやっと笑う。

「ゆうべはそのコートを脱がして、全裸の私をベッドに入れてくれたんだよねー。全身くまなく見られたかと思うとちょっと恥ずかしいけど、ありがとね。もしかして、千弦と比べられたかなぁ？」

「あ、いえ…」

「そうなのか、牙軌？」

いくぶん言い淀んだ牙軌に、ひやりと凍った口調で、いつになく淡々と問いただす千弦の声を背中に聞きながら、けけけ、と内心で笑いつつ、ルナは扉を閉める。

扉の向こうでは、しばらく冷たい攻防が繰り広げられるのだろう。

そのまま部屋にもどったルナの目に、その借りたままの公莊のコートが入ってきた。

そう、これを返しにいかないといけない。が、ただ返すだけでは気がすまない。

どうしてくれようか…、とむっつりと思いつつ、とりあえず風呂に入るか、と気をとり直した。

ゆうべはそのまま寝てしまったし、ひさしぶりにゆったりと身体を伸ばしたい。たいてい真夜中に入ることが多いのだが、離れには専用の浴場があり——千弦の、だが——いつでも入れるようにはなっている。

声をかけなければ誰かが近づいてくることもなく、何ならペガサス姿でも入れる大きな浴槽もあった。実際にルナが本体で入れるように、という造りなのだが、他の大型の守護獣などもちょこちょこと使っているようだ。

離れからさらに奥まった裏庭の木立の中にある浴場まで回廊が延びていたが、ルナは無視して庭を突っ切り、人気のない石造りの建物へと入っていった。

さすがにしっとりと湿り気のある、暖かい空気が肌にまとわりつく。天井が高くドーム状になっている屋内は、靴音だけで高く響いた。

うーん、と大きく伸びをして一枚だけ羽織っていたローブを脱ぎ捨て、広い浴場内を見まわしてから、足先を一番大きな浴槽に浸《つ》けてみる。多少ぬるくはあったが寒いというほどでもない。

さっき千弦に言ったように毛艶《けづや》を整えておこうか、と思ったわけでもないが、ひさしぶりに本体のペガサスで入ろうかな、とルナは目を閉じて、グッ…と深く息を吸いこむ。

身体の中にいっぱいの空気をとりこんで、身体を大きく伸ばしていく感覚だ。

いつもなら、ジン…と額の奥が熱くなってすべての関節が軋《きし》み、全身に血が広がって身体が変化していくのが感じられるのだが。

「……あれ？」

いつまでたってもその感覚が訪れないのに、思わず開いた目をパチパチさせて自分の両手を見つめてしまう。

力強く美しい翼ではなく、やはり人間の華奢な腕のままだ。

まだ体調がよくないのか？　とも思うが、自覚している限りでは悪いような気はしない。むしろ睡眠もよくとって、ふだんよりいいくらいな気もするのに。

なんでだろ…？　とは思ったが、もどれないものは仕方がない。やはり気づかないままに毒素がたまっていて、本調子ではないのかもしれない。

ペガサスでなければ、これほど広い浴槽を使う意味はなく、もっと奥の、庭先が眺められる小ぶりな浴槽の方へとまわって身体を沈めた。

湯の中で身体を伸ばしてから、ゆったりと腕を伸ばしてみる。

白く輝く優美な翼ほどではないが、すらりと長い腕だ。玉のような肌も、均整のとれた体つきも悪くない。

傷一つないきれいな身体をしている——と、あの男がそう評していたことを思い出し、ふむ、と一つうなずいた。

にやり、と知らず口元に笑みが浮かぶ。

あの男を誘惑してやろう——。

そんな考えが浮かんでいた。

誘惑して、夢中にさせて、ポイ捨てしてやるっ。

◇

◇

風呂から上がったルナは服を着替え、人の姿の時にはいつもつけているダテ眼鏡を指先に引っ掛けて、部屋のテラスから庭へと下りた。

忘れないよう、公莊のコートは肩から羽織って。

王族の多くは奥宮と呼ばれる王宮のもっとも奥まった場所に暮らしているが、世継ぎである千弦は早いうちから政務に携わっていたこともあり、中心となる宮殿から少し外れた場所にある離れ――離宮と言っていいだろうか、そちらが生活の中心だった。執務に集中できる静かな環境を求めると同時に、人間関係の煩《わずら》わしさを避けたわけである。

離れには仕事関係の秘書官や、各省の高級官僚たちが出入りするくらいで、身のまわりの世話をする侍従や侍女たちも必要最小限しか入れていなかった。

それは同時に、守護獣であるペガサス、そして「虚弓」の姿が人目につかないようにするため、という配慮があったのだろう。

そのへんの守護獣ならいざ知らず、ペガサスともなると他の王族の前へさえ、めったに姿を現すことのない聖獣なのだ。

しかしルナとしても、千弦に会うのにいちいち物見高く他の兄弟たちや侍女たちにとり囲まれたり、その都度仰々しく迎えられたいとは思わない。……まあ単に、ルナ自身がめんどくさかった、というだけでもあるが。

そのため、ルナの部屋も離れの一角にあった。

いや、厳密には、ペガサス様が降臨された時に翼を休める広間のような部屋――が用意されており、それに付属する一室を「虚弓」が使っている。

そもそも虚弓の存在自体、知っている者が少ないわけだが、状況によって一位様直属の偵察部隊を名乗ったり、一位様の守護獣の世話係――ペガサス以外にも鷹《たか》とかネコとか、千弦には数匹の守護獣がいるのだ――と説明したりしていた。

宮殿と違って、この離れの部屋だといつでも自由に、さして人目を気にすることなく出入りできるのも楽だった。まあ、ペガサスで動く時には夜陰に紛れるわけだが。

庭に囲まれた離れからは、長く伸びた回廊が壮麗なる宮殿へと続いているが、ルナはその道を通らず、庭から続く林を突っ切って近衛隊の兵舎の方へと抜けていった。

そのまま奥宮と中宮の間にある広場――交差点となっているあたりまで出ると、官吏やら衛兵やら侍従やらと種々の役職が入り乱れ、人通りも一気に増える。

が、馬が制限されている区画なので、騎兵隊らしき姿はない。

――騎兵隊がいるのはどのあたりだろう？

ちょっと考えこんだ。

もちろんその時々に割り振られる仕事によっても違うだろうし、王族の供で外へ出ている場合もあるだろう。

が、公莊は王族のそばで仕えるほど華やかな立場ではない、と言っていた。雑用が主だと。

馬の世話や訓練をしているのなら、馬場のあたりだろうか。あるいは、騎兵隊の詰め所か――。

上空を飛んで探せば早いが、さすがに真っ昼間からそんなわけにもいかず、とりあえず外宮まで出たルナはぐるりと広大な建物をまわって裏庭へと向かってみる。

公荘のコートを着ているせいか、宮中警備の兵が行き交う中でもさほど目立たず、王宮内を抜けることができた。

とはいえ、すぐに目的地が見つけられるわけではない。広すぎる王宮の敷地で、ルナも今まで出向いたことのないあたりなのだ。

そのへんの、宮中警備だろうか、見回り中らしい兵をつかまえて騎兵隊の連中がいそうな場所を聞いてみると、山側の一角がその根城になっているようだとわかる。

騎兵隊の総本部などは、他の部署との連携もあって中宮の中に置かれているようだが、やはり生き物を扱う部署だけに外に広く敷地が必要だった。

王族が使う馬には専用の厩舎《きゅうしゃ》があり、馬丁や世話係もついているが、騎兵隊の場合、百頭以上がまとめて舎飼いや放牧されている。そしてある程度兵務に馴染んでくると、相性などで自分の馬が決まってくるわけで、そうなると自分の馬は自分で管理し、世話をする兵士たちが多いようだ。当然、調教も。

そのため騎兵隊の兵舎には、隊ごとに使える個別の厩舎が近くにあり、宮殿から少し離れたあたりに場所がとられているようだった。

騎兵隊では、公荘が小隊長を務める第九小隊が今の末番らしく、第一と第二が儀式や何かの際に王族のそばにはべる栄光を担っている。花形というわけだ。

本来は警護が役目のはずだが、実際には儀式の中での見栄えというところに重点が置かれているので、たいていは貴族の子弟が就いている。

続く第三から第五小隊あたりはもう少し腕に覚えがある兵士たちで、主に王族の視察や外遊などに随行する。正しく警護や斥候《せっこう》、哨戒《しょうかい》などの役割を負うわけだ。そして第六以下の兵士たちは、早く上の隊へ上がれるように日々腕を磨いているわけだが、主な任務は宮中、また広大な王宮の敷地内外の見回りになる。

末端の公荘の隊などは、それこそ本当に雑用、といった役目のようだった。何でも屋、というのか、必要なところにあちこちと都合よくまわされている――らしい。

思いついて、ルナは探す途中でちょこちょこと公荘の情報を仕入れてみた。

ちょうど遅めの昼食時間で、大食堂でいろんな部署の兵士たちが入り乱れて食事をとっている中に紛れこみ、持ち前の人懐っこさで相手を乗せてしゃべらせる。

兵士たち男社会でも嫉妬《しっと》や羨望《せんぼう》はぐるぐると渦巻いており、女でなくとも噂話は盛り上がる。あからさまな身分差や階級差が厳しい中で、まだ若い下級兵士たちにしてみれば鬱屈《うっくつ》した部分もあるのだろう。

居合わせたのは二十歳前後の、宮中警備隊や近衛隊の下っ端ばかりだったが、直接関わりがないはずなのに、意外と公荘の名は知られていた。

どうやら騎兵隊の第九小隊というのは、半年ほど前、公荘を小隊長に迎えるために新しく編成された部隊らしい。しかし三顧の礼をもって、というわけではない。むしろ騎兵隊からすれば、「ねじこまれた」という感覚のようだ。

ねじこんだのは蒼枇である。現王の弟であり、千弦の叔父。フクロウの守護獣、リクの主だ。公荘は若い頃から上官との折り合いが悪かったようで、どこにいても持て余され、都内警備や宮中警備などをたらい回しにされたあげく辺境へ飛ばされて、この十年以上はずっと国境沿いを転々としていたらしい。

そのまますぶっているかと思われたが、半年ほど前、たまたま辺境まで守護獣の保護に訪れた蒼枇の仕事を手伝い、その礼代わりに、ということで王都へ呼びもどしてもらえることになった。

動物の扱いがうまいということで、騎兵隊がいいだろう、ということになったようだが、騎兵隊の方としては、面倒なヤツを…、という気持ちだったはずだ。しかし王弟のお声掛かりを無視することもできず、それなりの実績も積んできた男を一兵卒として扱うわけにもいかず、ということで、新たに小隊が編成されたようである。

とはいえ、四十を前に小隊長というのはいささかうだつが上がらない部類に入る。また、その新しい小隊というのも他の隊の半端モノというか、能力不足だったり、反抗的だったりと、使えないヤツらの寄せ集めのようだ。

「けど、それが！　すごかったよなぁ…」

比較的くわしい宮中警備の男が、興奮したような、感心したような声を上げた。

何だよ？　とその話を知らない仲間にせっつかれ、さらに調子に乗ったように身振り手振りを交えて話を続ける。

「いや、その公荘の第九小隊が。……ほら、騎兵隊って定期的に訓練成果を小隊に競わせてるだろ？

馬の扱いとか、馬上の戦闘とか。それで小隊の格上げを検討するってヤツ。二カ月前くらいにその模擬戦があって、俺、ヒマだったから見物してたんだけど。大隊長あたりは第九小隊の出来損ないぶりを笑ってやるつもりだったらしいけどな…。それがなんと、第九が第四に勝っちまってさー。見物してて驚いたのも驚いたけど、そん時の大隊長のアホ面とか、第四小隊長のぶるぶる震えてた青い顔とか…、いや、思い出しただけで笑えてよう！」

「ああ…、第四小隊長って、あの嫌みなヤツだろ？　それに騎兵隊の大隊長って……伏路《ふくじ》だよな？　あの、スケベオヤジ」

別の男がいくぶん声を潜めて確認すると、一同が顔を見合わせるようにしてギャハハハハ！　と笑い出す。

関係のない他の部隊とはいえ、少しばかり胸がすく思いがあるのだろうか。

「けど、ま、当然じゃねぇ？　公荘ってオヤジ、昔若い頃に奉武《ほうぶ》祭の剣技を獲《と》ったんだろ？　今だと腕も落ちてんのかもしれねーけど」

誰かが思い出したように口を挟む。

こうした若い連中からすると、あの男もオヤジ、というわけだ。

そう思うと、内心でちらっと笑ってしまう。

年齢という意味では、ルナの方が遥《はる》かに年上のはずだが、外見的には間違いなく自分の方が若い。

「奉武祭」というのは月都で毎年行われている武術の大会で、その剣技の部門で勝利したのなら相当な実力だ。おそらく二十年ほど前の話になるのだろうが。

奉武祭は若手の育成というか、若手が名を上げるための一つの目標という意味合いが強いので、出場するのは二十歳前後の若者になる。

そういえば、千弦の警護についている牙軌も、やはり十年ほど前に剣技でその栄光を得ていた。今やりあえばどっちが強いのかな、とちょっと興味を覚える。今ならやはり若い分、牙軌に軍配が上がるのだろうか。

一度やらせてみたいな…、という気がした。

確かに隙のない雰囲気だったが、実際にはどの程度なのか、あの男が本気で戦うところを一度、見てみたい。

「いや、騎兵隊のそれって個人の戦いじゃなくて、隊ごとの模擬戦なんだよ。だから、小隊長は直接戦わねぇの。作戦立てたり、指示出したりするだけ」

軽く手を振って説明した男の言葉に、ふうん…、とルナは内心でうなった。

つまりたった四カ月ほどで、その寄せ集めの連中をそれなりに使えるようにした、ということか。

そして、「作戦」も当たったのだろう。そのへんの連中には想像もできないような、奇襲なんかもやらかしそうだ。

なにしろ辺境で実践を積んできた、たたき上げだ。そうでなくとも、いかにも抜け目なさそうな男に見えた。

「そういや…、ほら、貴瀬《きせ》様。近衛隊の総司令官の。あの人と二回、奉武祭でやり合ったって聞いたぜ？　決勝で」

一人の男が思い出したように声を上げ、げっ、とか、マジか、とか言った驚きの声がもれる。

貴瀬という男のことは、ルナも知っていた。

近衛隊は王族の身辺警護が主たる任務なので、通常の奥宮周辺の見回りをはじめ、中宮にある執務室の近辺とか、宴の席とか、いろんな場面でえり抜きの近衛兵が千弦にもついている。

総司令官である貴瀬自身がその任務に当たることはまずないが、それでも重大な報告とか、賓客の集まる大きな式典などには同席することが多い。

なかなかの男前だったと思う。名門の大貴族の出で、確か王家とも姻戚《いんせき》関係にあったはずだ。やはり公荘とは違って、洗練された優雅さが身に備わっていた。

もっとも顔と名前を知っている、という程度で、ルナが直接関わったことはない。ただ、やり手のようだな、という印象はあった。

四十前後で近衛隊の総司令官なら、実際にかなり政治的な駆け引きもうまいのだろう。その先には、もう軍総帥くらいしか狙える地位はない。

そういえば、年も公荘と同じくらいだ。

「そんで、一回は公荘が勝って、一回は引き分けたって。俺のオヤジが言ってたよ」

そんな情報に、へー…、とあちこちから感心したような声がもれる。

ルナとしてもちょっと意外だった。

公荘はともかく、貴瀬は、軍人とはいえ、むしろ政治的な方面に能力があるのかと思っていたのだ。

しかし、剣の腕もなかなかのものらしい。

……それにしても。

「けど、今の立場はずいぶんと違うよな…。総司令官と小隊長ってさ」

ルナが内心で思ったことを、やはり同じ感慨があったらしい男が肩をすくめるようにしてぽつりと口にする。

同じ軍人で、剣の技量だけで言えば実力も拮抗《きっこう》していた二人に今、これだけの差がついているのは、確かにもの悲しさを誘う。まあ、人格的な問題とか、多分に公荘の自業自得なところはありそうだったが。

「そりゃ、貴瀬様はもともと家柄もいいしなー」

「結局、それなんだよな…」

「無敵だよ。それであんだけ男っぷりもよくてさ」

「わりとさばけてて、話のわかる人だって言うぜ」

愚痴と評価の入り交じるそんな会話に、ルナは何気ないふりで聞き耳を立てる。

貴瀬くらいになると、ここにいる連中も妬《ねた》みとか恨みとか、そんな感情が湧かないくらい、遠い存在なのだろう。

「早く結婚してくんねぇかなぁ…。なんかさー、どう考えても釣り合うはずがないのにさ、キャーキャー言ってる女が多くてさぁ…」

これは完全なボヤキだ。

わかる、わかる、と他の何人かも苦笑いでうなずいている。

「や、最近、婚約したとか聞いたけどな?」

と何気なく口にした一人の男の言葉に、「え、そうなのか?」「誰と?」といった質問が相次いで飛び交う。

「そこまでは知らねぇけど。奥の女官らしいぜ」

「女官? へぇ…、貴瀬様だったら、誰か皇女様が嫁ぐのかと思ってたよ」

「ついにかー。泣く女が多そうだな」

口々に男たちが感想をもらしている。

どうやらこれ以上、公荘の話は出そうになく、ルナはさりげなく席を立って食堂をあとにした。

かつてのライバルである同世代の男からずいぶんと引けをとっている公荘からすると、あせりもあるのだろうか?

十年以上も辺境でくすぶっていた男がやっと都に帰ってきて、その差を埋《う》めるために何かをやらかそうと虎視眈々《こしたんたん》と狙っていたとしても不思議ではない。

だいたいが、いかにも胡散臭げな男でもあった。油断のできない、不作法な男だ。

ゆうべのことを思い出し、再びムカッとしながら、ルナはあらためて騎兵隊の厩舎の方へと向かった。

外宮の山側——と言われたが、それでも相当に広い範囲だ。空気に漂う馬の気配を追いかけるように探してみる。

王宮で働く多くの人々の宿舎が連なる一角があり、水飲み場があり、資材だか、作業道具だか何かを保管しているのだろう、倉庫のようなものが建ち並び、やがてそれもまばらになって、ふいに大きく視界が開けた。

目の前に広がる平原の向こうにはこんもりとした森と、さらに遠くなだらかな山並みが見える。馬のいななきがいくつか聞こえてきた。

宮殿からもずいぶんと外れ、だだっ広い平地に兵舎だろうか、細長い平屋の建物がいくつか、そして小さな作業小屋のようなものがポツポツと建っている。栗毛《くりげ》や葦毛《あしげ》の馬が数頭、あたりの草地でのんびりと草を食《は》んでいた。

いるとすればこのあたりかな…、と、物陰からきょろきょろとあたりを見まわしてみると、すぐに一人の男の後ろ姿に目が引かれる。公荘だ。

黒毛の馬にブラシをかけてやっているようだ。

当然ながらコートは着ておらず、少しばかり寒そうにも見えたが、腕まくりしてブラッシングしているところをみると、すぐに必要はなさそうだ。

その少し先では、数人の若い兵が騎乗したまま丸太などの障害を乗り越えているのが見える。

部下の訓練だろうか。時折鋭い視線を投げ、「バランスが崩れてるぞ！　馬に合わせろ」とか「バカ、見てる方向が違うだろ」とか、ブラッシングの合間に荒いチェックが飛んでいる。

そんな片手間の指導に、いかにも生意気そうな若者たちがムッとしたように公荘をにらんだが、何も言わずにやり直している。

寄せ集め、と言われていたが、確かにそんな感じだ。貴族の子弟などは混じっておらず、一般から選抜で兵になった者たちだろう。

公荘に指摘されてあせったのか、一人は情けない悲鳴を上げて落馬したが、公荘はそれを叱《しか》りつけるのではなくバカ笑いしていた。

隊長の、配下への指導的教育というより、悪ガキどもをいいように転がしている悪オヤジ、という感じに見える。

今なら近づけそうだが、さて、どう声をかけようか…、とちょっと考えた。

普通にゆうべの礼を言い、借りていたコートを返せばいいだけではあるのだが。

そしてちょこっと世間話などをし、少しばかり甘い顔をしてみせる。

向こうから勝手にキス……なんかしやがったわけだから、もちろんルナの、いや、虚弓の容姿は好みの範囲に入っているはずだ。あの年のオヤジなら、若い子（ここは実年齢ではなく、見かけ年齢で、だ）には弱いだろうし。

それっぽい態度で誘惑し、夢中になったあたりでボロクソに捨ててやるっ。

——という計画は完璧《かんぺき》に思えた。

とはいえ、ここでただ近づいて話しかけるのも芸がないし、つまらないなー、という気がして、ふっと思いつく。

ここで不意を突いて仕掛けてみる——というのはおもしろいんじゃないか？　と。

王宮内の、しかも騎兵隊の兵舎近くだ。まさかこんなところで襲われるとは思ってもいないだろうし、実際、油断しきっているように見える。

公荘からすれば、ゆうべのあのちょっとした醜態のおかげで、ルナのことは侮っているはずだ。ずうずうしくも、恐れ多くも、気安くキスなんぞしやがるくらい。

だがそのルナの攻撃を防ぎきれなかったとなると、今度はこっちが笑ってやれる。少しばかりルナの気も晴れるというものだ。

不意打ちだが、別に卑怯《ひきょう》なわけではない。軍人ならば、いついかなる時でも油断なく攻撃を防いでしかるべきだし、あの男の技量を量るいい機会でもある。

ルナはさっとあたりを見まわし、小屋の脇《わき》で四、五頭の馬が集まっていた細長い水飲み場にそっと近づいた。

と、その気配を感じたように、馬たちがいっせいにザワザワと落ち着きなく動き始める。

あれ？　なんでこんなところに？　という感じだろうか。

「あ、大丈夫だから。おとなしくして」

ルナはちょっとあせって声をかけた。

さすがに動物だけあって、ルナの正体を何となく感じているのかもしれない。

すぐに落ち着き、むしろぴしりと整列して、じっと静かにルナを見つめてくる。

「いい子だ。ちょっと協力してね」

一番手近の白い馬の手綱を引き、首筋を撫でながらそうささやくと、ルナは着ていた公荘のコートを脱いで馬の背に羽織らせるようにして引っ掛けた。落ちないように首のまわりに両方の袖《そで》をまわし、端で結んでおく。

「いい？　合図したら、公荘のところに走って」

そう頼むと、馬が了解した、というみたいに長い首を小さく揺らした。

ルナはその馬の手綱を引くと、小屋の陰まで連れて行く。

そしてタイミングを見計らって、行けっ！　と馬の尻《しり》を軽くたたくと同時に、ルナも全力で走り出した。

小屋を一周して反対側に飛び出すと、狙い通り、公荘はまっすぐに向かってくる馬を見つめたまま、驚いたように立ちすくんでいる。

その無防備な背中を眺め、はじめは足音を忍ばせて慎重に、そして十分に間合いを詰めると、ルナは一気に襲いかかった。

腰のうしろにつけていた短剣を素早く引き抜く。

「――ハア…ッ！」

もらった、と思った。

もちろん傷つけるつもりはなかった。剣の柄で男のうなじあたりを狙い、倒して攻撃力を奪う。それで十分だ。

男の渋い顔が脳裏をよぎり、心が躍《おど》る。

が、その瞬間――。

「止まれっ」

鋭く響き渡った声は、馬に向けたものだろう。

だがほんの一瞬――身体の芯《しん》を貫かれたような感覚で、ビクッと、ルナの動きも止まっていた。

そして次の瞬間、振り向くこともないままに、下から大きく振り上げられた男の腕がルナの短剣を握った腕を挟みこみ、そのままの勢いで引き倒される。

「く…っ！」

とっさに受け身をとったルナはもう片方の肘《ひじ》で男の顎を突き上げ、何とか腕を振り払う。

「おっと…」

が、素早く体勢を直した男の腕が側面からルナの腰へがっちりと巻きつき、もつれ合うようにして地面へ倒れこんだ。

あっ、と思った時には、両方の手が地面に縫いとめられるようにしっかりと押さえこまれている。

「何なんだ…？」

ふう…、と短い息をついてつぶやいた公荘が、ようやく襲撃者の顔を確かめて、うん？　と目をすがめた。

「あんたか…」

そして少しばかり驚いたように目を見開いたあと、ふっと唇で笑う。

「ずいぶんと熱烈な再会だな。よほど俺は気に入られたらしい」

「まさか。服を……返しに来ただけだ。ついでにおまえの技量を試したいと思ってね」

目元を笑わせた余裕のある言葉に、くそ…、と内心で毒づきつつ、ルナは強気に返した。

「隊長！」

「大丈夫ですかっ⁉」

と、こちらの騒ぎに気づいたのか、ルナが襲いかかったあたりを見ていたのか、部下たちが馬を飛ばして集まってくる。

「……ああ。ちょっとした鬼ごっこだ」

軽く冗談のように答えた公荘に、ホッと安心したのか彼らが息をつく。

そしてじろじろと胡散臭げな、あるいはあきれたような顔で、地面に重なって転がったままの自分たちを眺めてきた。

「なんっすか…、いいご身分ですね、隊長。こんな真っ昼間から」

「ずいぶんと危ない趣味ですよね。隊長らしい気もしますけど」

まだ小隊としては探り合いの状態なのか、上官と部下のいささかひねくれたやりとりが聞こえてくる。というか、つまらない誤解をされているような気もする。

しかし襲撃を失敗しただけに、ヘタな言い訳もできない。

ルナはいくぶん気恥ずかしさも覚えつつ、ふい、と視線を逸らした。

「……さっさと離せ」

そしてことさら邪険に男の手を振り払い、ようやく背中を起こす。

そのルナの腕をさりげない様子で引っ張り上げながら、ちらっと部下たちを振り返った公荘が、すかした顔で続けた。

「そうだろう？　俺くらいになれば、こんな可愛い子から襲われるようになる」

そんな公荘のセリフに、なんだ？　と一瞬、意味をとり損ねる。

が、次の瞬間――。

腕をつかんでいたのと別の手がルナのうなじにさらりとまわり、そのままグッと頭が持ち上げられて、唇が塞がれた。

「んっ…!?」

思わず、大きく目を見開く。頭の中が真っ白になった。

しかし厚かましく口の中に入りこんできた舌に自分の舌が絡められ、ねっとりと味わわれてようやく我に返る。

「バ…ッ…！」

反射的に、猛烈な蹴りを突き出した。

「――っ…、と……、これは」

わずかに身を引き、男の腕が危うく顔の横でその足を受け止める。

「……なかなかの足技だな」

ふう、と大きな息をついてみせるが、さしてあせっている様子もない。ますます腹立たしい。

そして顎を撫でるようにして、じっとルナを眺めてきた。

「武官ではないと思ったが…、見誤ったかな？　短剣の扱いもなかなかのようだ」

思い出したように腕を伸ばし、ルナのとり落とした短剣を拾い上げながら、なかば独り言のようにつぶやく。

完璧に押さえこまれたあとでそう言われても、ちょっと喜べない。

ふん、とルナは鼻を鳴らす。

——というか！　またしてもっ!?　二度までも！

「おまえ……、何のつもりだ…っ？」

思わず口元を手の甲で隠すようにしながら、ルナはわめいた。

口の中で、生々しく男の舌の感触を思い出し、カッ…、と頰《ほお》が熱くなるのがわかる。

「熱烈な訪問は、俺のキスが欲しかったからかと思ったが。ゆうべのでメロメロになったかな？」

「ばっ…ばかっ！　ばかっ、うぬぼれるな…っ」

にやりと笑ってうそぶくように言われ、ルナはあせって声を上げる。怒りと恥ずかしさと混乱で、その声がひっくり返ってしまう。

「誰です？　……ああ、遊びで手を出した人妻のダンナとかですか？　モテてるからって調子に乗って食い散らかしてるから、あっちこっちで恨まれてんじゃないんですか」

横から皮肉っぽく聞かれて、公荘が苦笑いした。

「俺がそんなヘマをするかよ」

——うわ、最低——っ！

男をにらみながら、内心でルナはむっつりと吐き出す。

「じゃ、節操なく男にも手を出してるってことっすか？　ま、隊長の好きそうな美形ですしね、その人」

「どうやって手を出そうかと様子見してるところだな…。もっとも誘われたのは俺の方だ。初対面から悩殺されたよ。……なぁ？」

意味ありげに聞かれて、「誰がっ！」とルナはとっさにわめく。

……あれ？　いや、確かに、悩殺しにきた……のだが。

しかし、思い返してちょっと混乱してしまう。

ダメだ。この男相手だと、妙にペースがつかめない。

何でだ…？

と、妙に悔しく男をにらみ上げながら、ようやく立ち上がったルナを横目に、公荘が部下たちに向き直った。

「ほら、おまえらは訓練にもどれ」

散れ、というように無造作に手を振る。

肩をすくめて、やれやれ…、というように、しかしなかばおもしろそうな視線を残して、彼らがもどっていった。

「そういえば、腹の具合はどうだ？」

短剣をルナに渡しながら、何気なく公荘が尋ねてくる。

「おかげさまでね」

それにむっつりとルナは返す。

よくなったのがこの男の薬のおかげかどうかはわからないが。

短剣を受けとりながら、正直、こんなに簡単に返していいのか？　と思わないでもない。が、まあ、ルナが本気で殺す気できたわけではないと察しているのだろう。あるいは、この男からすれば、ルナ程度の相手ならいつでも防げる、という自信があるのか。

ちょっとむかつくが、実際、あれだけ鮮やかにかわされると、ルナとしてもおとなしく引き下がるしかなかった。

人間の時の戦闘能力もそれほど低くはないつもりだったが、それでもペガサス本体よりはかなり落ちる。もともとの仕様が人間ではないのだし、やはり人の姿だと上をいく人間も多い。

「——ほら、飲んでおけ」

受けとった短剣を腰にもどしていると、そんな声が聞こえ、なんだ？　と思うと、公荘が例の薬を懐から出して差し出してきた。

「もう必要ないよ」

「治り際が肝心なんだよ。予防のためにも飲んでおけ。……それとも、俺に飲ませてほしいからわざと嫌がっているふりをしているのか？」

いかにも意味ありげに、憎たらしく聞かれて、むっとしつつ、ルナはひったくるようにその丸薬を摘《つ》まみ上げると、そのまま喉に落とす。

が、なかなか喉の奥へと行ってくれず、その苦さに思わず顔をしかめた。

苦笑しつつ、ほら、とそばに置いていた水筒を渡されて、ルナは貪《むさぼ》るように水を飲み、何とか薬を飲み下した。

「別の具合が悪くなりそうだ…」

胃のあたりを撫でながら恨みがましくうなったルナは、横でおとなしく待っていた白い馬が鼻先を近づけてきたのに、ようやく思い出す。その首筋を「ありがと」と優しくさすってやった。

計画通りにうまくはいかなかったが、この子のせいではない。

そしてその背中からコートを剝ぎとって、ぶっきらぼうに男に突き出した。

「ゆうべは助かったよ。ありがとう」

礼儀上、感謝を口にしつつも、悔しいのと気恥ずかしいので、いささか表情は裏切っている。

「どういたしまして」

おどけたように返してきた公荘がにやにやとそれを受けとると、バサリ、と肩から羽織った。

いろいろと見透かされているような視線から逃れるみたいに、ルナは横にいた黒毛の馬に近づいてみる。

今までブラシをかけられていたようで、色艶がいい。体格もよく、堂々とした佇《たたず》まいだ。騎兵隊の小隊長が使うには、ちょっと不相応にも見える。

「おまえの馬か？　ずいぶんといい馬だが。王族の専用でも通用しそうだ」

その顎から喉元を撫で、脇腹のあたりを撫で下ろしながら何気なくルナは尋ねた。

「そう、俺が使わせてもらっている。気性が荒くてな。他に扱える人間がいない。他の人間には懐かないんだが……、めずらしいな」

顎を撫でるようにして、何か探るようにルナをじろじろと眺め、公荘が小さくつぶやいた。

この馬も、やはりルナの正体に気づいているのか、ルナが触れてもおとなしく落ち着いた様子だが、なるほど、それで騎兵隊に回されてきているようだ。

「つきあうか？」

「え？」

いきなり言われ、ルナは首をひねった。

しかし返事も待たず、公荘は黒い馬の手綱を引くと、代わりに白い馬の手綱を投げてよこした。

そして黒馬の背に跨《また》がると、少し離れたところにいた部下たちの方に大きく呼びかける。

「外壁の巡回警備は俺が回ってくる。おまえたちはそのまま続けてろ」

馬上からまっすぐにルナを見下ろし、続けて言った。

「一緒に来ないか？」

一応、尋ねてはいるものの、返事はわかっているとでも言いたげに、公荘はさっさと馬の歩を進め始めた。

勝手だな、と鼻に皺を寄せるように思いつつ、無視して帰ることもできたはずだが、やはり興味というか、好奇心というのか。

当初の目的もあるし、と内心で言い訳して、ルナは白い馬の背に乗ると、男のあとを追った。

訓練をしていた部下たちが、やはり興味津々に眺めてくる視線を感じながら横を抜け、少し遅めのスピードでゆっくりと進んでいく男に追いついて、歩を合わせる。

外壁沿いをまわって不審者や異常の有無を確かめる、定期的な警備だろう。

見通しのよい平原では、草を揺らす風の音と、遠く近くで鳴く鳥の声、あわてたように野ウサギが穴に隠れる姿くらいしか見えない、のどかな景色だ。

「騎兵隊の模擬戦で上の小隊に勝ったそうだが…、あれでよく勝てたな」

思い出して、ルナは口を開いた。

ちらっと見た部下たちの訓練の様子からすると、実力にはずいぶんとばらつきがあり、見所のありそうな男もいたが、一方でまだ馬に乗るのが精いっぱいといった男もいるようだ。それに、さっきの様子ではやはりクセのありそうな連中で、おとなしく公荘の——というより上官の命令を聞きそうな気はしない。

「よく知ってるな」

それに公荘がちらっとこちらに視線を向けて、唇で笑った。

「そんなに俺に興味があるとは」

「ちょっと小耳に挟んだだけだよ」

空とぼけるように言われ、ルナはむっつりと返した。

「まぁ、個人の戦いじゃなければ、やりようはあるさ。それぞれの能力に合った仕事をきっちりとさせればいい。できないことがわかっている分、各自の分担がはっきりするしな。よけいなこともしない」

やはり作戦、ということか。

小さくうなずいたルナは、続けて尋ねた。

「おまえ…、どうして都に帰ってきた？」

「どうして、とは？」

視線を遠くに向けていた公荘が、ふっと振り向く。

「おまえなら、むしろ辺境の方が気楽なんじゃないのか？　こっちだと上官とうまくいってないようだしね」

それに男が、あぁ…、と軽く肩をすくめた。

「まあ、十五年も辺境にいれば都が恋しくもなるさ。蒼枇様の仕事を手伝ったおかげで、運良くそのチャンスにありつけた。ま、里心がついたというかな…。といっても、俺の里はもともとずっと地方の田舎だが」

「そうなのか？」

ひっそりと笑った男に、ルナは首をかしげる。

田舎の生まれであれば、軍人でも普通はそちらの地方領主の軍に入るのが普通だ。そこで実力を認められ、王都に引き抜かれることもないわけではないが、公荘は違うだろう。

「生まれたのはそれこそ辺境の山奥の村だよ。父親は生まれた時から…、いや、生まれる前からだな、いなかったし、母親も物心つく前には病死していた。身内は飲んだくれの爺《じい》さんだけで、毎日の食料は自分で調達しなきゃいけなかったな」

でなきゃ、飢え死にするだけだった——と、思い出すように公荘が淡々と口にした。

そしてふっとルナを振り返り、口元でにやりと笑う。

「ただ生まれつき、狩りはうまかったんでね」

「そんな感じだな」

何となく察せられて、ルナはうなずいた。

カンがいいのだろう。動物並みに生き物の気配を読むのがうまい。

と、ふいに公荘は進む方向を変えたかと思うと、あたりをジグザクに馬で駆けまわった。

何をしてるんだ？　と、止まったまま首をひねっていたルナの前に、いきなり野ウサギが跳び出してくる。

パッ、と目が合って、ピクピクと鼻を動かしたかと思うと、あわてて飛び跳ねて逃げていった。

どうやらデモンストレーションだったらしく、ルナの前までウサギを追い立ててみせたようだ。

もともと捕まえるつもりはなかったのだろう。それ以上は追わず、公荘がのんびりとルナのところにもどってくる。

「獣の感覚がわかるんだ。どのタイミングでどう動くのか。どちらへ逃げるのか。そんな野生の感覚がな」

再びゆっくりと馬を進めながら、公荘が口を開いた。

「動物並みだな」

さすがにルナも感心する。

「ついでに自分の気配を消すのもうまかったんでね。いつの間にか背後に忍び寄っていたり、先回りしていたりで、まわりからは薄気味悪く思われていたようだ」

「軍人じゃなく泥棒になっていれば、今頃大金持ちだったんじゃないのか?」

なかば軽口で言ったルナの言葉に、男が片頬で笑ってうなずいた。

「だろうな。だから、村で何か盗みでもあれば真っ先に疑われたよ。俺だったら簡単にやれる、そしてやりかねない、とな」

さらりと言われて、ルナは一瞬、言葉を呑《の》む。

よけいなことを言った…、とちょっと後悔した。

しかし気にした様子もなく、男は続けた。

「まあ、そんなガキの頃から、まわりとは合わなかったわけだ。持て余され、爪弾《つまはじ》きにされて、追われるみたいに村を出たのが八つくらいの頃かな。置き引きとか、かっぱらいとか、そんなもので食いつなぐうちに流れの盗賊団に拾われて、結局はその仲間になっていた」

「なったのか」

そんな告白に、ルナは目をパチパチさせる。

が、今、ここにいるということは、まだ続きがあるわけだ。

「ガキだったからな…、しばらくは使い走りとか、見張りやらに都合よく使われていた。一番下っ端だったんで、八つ当たりで毎日殴《なぐ》られたり蹴られたり…、まあ、あの頃はそれが普通だったからどうということはなかったが。……だがまあ、もし今、あの頃の兄貴分に再会したら、利子をつけて返してやるけどな」

冗談なのか、いくぶん本気なのか、あるいはルナの少しばかり後ろめたい気持ちを察して和ませるつもりだったのかもしれない。……柄にもなく、だが。

「そんな、大人げないところが上官の気に障ってるんじゃないのかな？」

からかうように言ったルナに、かもな、と公荘が苦笑いして、淡々と続きを口にする。

その盗賊団の中で、公荘はしばらく食いつないでいたようだった。だがある日、気に食わない兄貴分から女をさらってこい、と命じられて嫌気が差し、一計を案じて盗賊仲間を罠《わな》にはめる形で役人に捕らえさせたらしい。そのあたりから、腕力だけでなく頭を使うことも覚えたのだろう。

もちろん自分だけはうまく逃げられる計画にしていたのだが、思いの外《ほか》手配が早く、結局は捕まってしまったらしい。

「だがそれが、運がよかったというべきかもしれないな…」

思い出すように目をすがめて、公荘がつぶやいた。

その時に王都から派遣されていた役人が、数年前に亡くなった公荘の養父だった。

粗野で不遜《ふそん》なガキでしかなかったはずだが、なぜか気に入ったらしく、武人としての能力も見出《みいだ》したのだろう。子供がいなかったことから跡取りとして、手元に引きとったのだという。

その養父の家は一応、由緒ある貴族の家柄ではあったが、いわゆる没落貴族というのか。政治的な力はほとんどなく、そんな気楽さもあって養子を迎えるにもためらいや、まわりの反対もなかったようだ。

公荘という名も、その時に改めたものらしい。

剣技を磨くとともに作法やらも学び、養父の転属にともなって都にもどってから、一応軍属になったものの、やはり馴染まないことは多かったようだ。

「まぁ、盗賊なんかやってたガキが都の貴族の養子になれたっていうのは、実際、おそろしい幸運なんだろうが…、宮中での仕事は正直、堅苦しかったからな」

当時を思い出してか、公莊がいくぶん苦々しい笑みを頬に刻む。

「だったら、どうして帰ってきたんだ？」

あらためて尋ねたルナに、男は肩をすくめる。

そしてちらっとルナを横目にして、にやりと笑った。

「多分、あんたに会うためじゃないか？」

そんな言葉に、ふん、とルナは鼻を鳴らした。

「あちこちで言い慣れている口ぶりだな」

あっさりとかわされて、男が、あー、とすっとぼけた顔をする。

「ま、そうだな…。多少、大人になったということだろうな」

そして空を見上げて、つぶやくように口にした。

「オトナ、ねぇ…」

疑り深く、ルナはうなる。

「俺の身上調査はそのへんで満足してもらえたかな？」

ふいにさらりと聞かれ、ルナはちょっとドキッとした。

別にそんなつもりはなかったのだが、……いや、まあ、少しばかりはあったかもしれない。

千弦から密偵の話を聞いていたし、この男が、とは思わないが、今の立場に鬱屈したものがあるとすれば、他国に懐柔されている可能性がないわけではない。蒼枇の仕事の手助けをした、というのが偶然なのか、あるいは仕組まれたものだったのかもわからないが、しかし半年ほど前というと、神宮庁の騒ぎのあと、その詳細を探るためにどこかの国が送りこんできた可能性もある。

もう少し…、近づいて、そのあたりの確認をとってみるのも必要かもな、と思う。

「むしろ、あんたの方が謎《なぞ》だと思うがな？　いったいあんたがどこの誰で、この宮中で何の仕事をしているのか。牙軌殿と顔見知りということは、奥向きの…、一位様付きの仕事なんだろう？」

考えこんでいたルナの横顔を眺めながら、いかにものんびりとした調子で公荘に聞かれ、さすがにちょっとあわててしまった。

「さぁね…。謎が多い方が魅力的だと思うけど？」

それでも微笑《ほほえ》んでそんなふうに返してみせる。

ふむ、とうなずいた公荘がいかにもな眼差しを向けてきた。

「そうだな。ま、カラダの方は、初対面から包み隠さない状態をたっぷりと見せてもらったわけだが、あんたを覆う秘密のベールは、じっくりと一枚ずつ剝いでみるのも一興かもしれん」

それには返す言葉がなく、ぐぐ…っ、とルナは拳《こぶし》を握る。

「あんたの…、本当の姿が見たいもんだな」

そしてぽつりと付け加えられた言葉に、ルナは一瞬、ドキリとした。

本当の姿――というのが、ペガサスの、ということのように聞こえて。

だがもちろん、そんなはずはない。正体不明の男の、ということだろう。

にやりと自信ありげに言われ、ルナは内心でムッとしつつあえて平然と口にした。

「そんなに簡単にできるとでも？」

なにしろ国家的な秘密だ。最後まで剝がされるわけにはいかない。

ルナはとっさに手綱をとるといきなり、何か振り払うみたいに思いきり、馬を走らせた。

「虚弓？」

さすがに驚いたような声が背中から聞こえてくる。

「私を捕まえてみろ！　捕まえられたら、ベールを一つ、脱いでやるよっ」

風を切って走りながら、背後を振り返って大きく叫ぶ。

遠目にも、男が唇で笑ったのがわかる。

そして一気に拍車をかけたのだろう、ものすごい勢いで追いついてきた。

「たいした自信だな…！」

どこか楽しげなそんな声が耳に届く。

広い平原で、前になり、うしろになり、二人はしばらく全力で馬を走らせた。

風が耳元でうなり、渦を巻く。

身体が軽い。空を飛んでいるのと同じ感覚が全身に満ちていた。

今まで誰かと翼を並べて飛んだことなどなかった。そんな状況はあり得なかったから。

そう、天空で血を流して戦ったことはあったにしても。

追いついてくる。横に並ぶ。

伸びてきた男の手をすり抜け、かいくぐる。そしてまた、追いついてくる。

その息遣い。

リズムのよい、空を切る馬の軽やかな足並みは翼の羽ばたきにも似ている。

ひどく新鮮で、初めての感覚で……わくわくと胸が弾む。

誰かとともに風に乗るのがこれほど楽しいとは、今まで知らなかったのだ。

千年の時を生きてきても。

◇　　◇

ある意味、同族であり、やはり馬の扱いに関しては少しばかりルナに分があったらしい。

馬自体の能力で言えば、おそらく公荘の黒毛の方が上だっただろう。馬を扱う技量も、実際に公荘は相当なもので、自信もあったはずだ。

が、ルナにしてみれば、馬の気持ちが身体に流れこむようにわかるし、その分、自分の身体の一部のように扱うことができる。そしてルナの借りた馬の方が小柄で、小回りがきいたのもよかった。

平原から森の中へ駆けこみ、いったんそこで巻いてから、兵舎が入り組むあたりへ逃げこんで裏庭へ接する塀までたどり着くと、そこで馬を乗り捨てて塀を乗り越えた。

馬には厩舎にもどるように言っておいたが、そうでなくとも公荘はそんなに離れていなかっただろう。かなりきわどいゲームだった。

それでも勝てたことには満足する。ま、当然ではあるが。

そんな遊びに味をしめた、というわけではなかったが、悔しがっているだろう公荘の顔は見たかった。多分あの男は、余裕でルナを捕まえられる気でいたはずだから。

まったく身の程知らずに生意気にも、だが。

しかしこちらから会いに行くのは、妙につけ上がらせるような気もして、どうしようかな…、と考えているうちに、ふと思いついた。

そうだ。蒼枇に会いに行ってみようか、と。

公荘を王都に呼んだ人間ならば何かおもしろい話が聞けるかもしれないし、この間から千弦にも言われていたのでちょうどいい。

……いや、別にあの男のことを知りたいというわけではなかったけれど。

単にちょっと気になるだけだ。

王弟である蒼枇は、王族の中でも変わり者として知られていた。変わり者というか、ちょっと近寄りがたい存在だ。

守護獣を持つ王族は、それぞれに「仕事」を持っている。政務や軍務に携わる者も多かったが、他にも医療や大規模な土木事業に関わっている者たちもいる。そしてその従事している仕事によって国内を転々としていたり、地方領主や執政官として任地へ赴いたり、軍属であれば兵舎に居住している者もいたが、ほとんどは広大な王宮の奥宮に暮らしていた。

蒼枇の部屋は、その奥宮の一番端、千弦のいる離れからはちょうど反対側になる。

千弦のいる離れは一応、奥宮に付属した形だったが、蒼枇が暮らしているのはそれとは違い、完全に独立した離宮だった。

それはやはり、蒼枇の仕事がそれだけ特殊なせいでもある。

守護獣の保護、および再調教だ。

主を失って衰弱した守護獣を保護したり、主である人間が不当な扱い方をしたために命を削《けず》った守護獣を引きとり、治療を施したり、あるいは悪い主人に飼い慣らされて悪事に荷担し、凶暴になった守護獣を調教し直すのである。

しかし守護獣に守られている国とはいえ、基本的に王族以外には縁のない話で、実際のところ蒼枇がどんなことをしているのかなど、普通の人間にはよくわからない。

ただ遠目にも、蒼枇が火やら鞭《むち》やら鎖やらを使って厳しく動物を躾《しつ》けている姿を見かけると、少しばかり恐ろしげで、得体の知れない雰囲気なのは確かだった。「治療」という名の下に、獅子やらトラやらと多くの守護獣を従えており、意のままに操れるわけで、何かあればその獣たちをけしかけられるかも、という本能的な恐怖だろうか。

だから王宮で働く官吏たちはおろか、兵士たちといえども、蒼枇には近づきたがらないのだ。

そんな獰猛な「再調教」中の守護獣もいるため離れて暮らしているわけだが、それだけに守護獣や普通の動物の生態にはくわしく、動物の扱いに困った時や、守護獣がケガや病気の時などには薬や助言を求められることも多いようだった。

ルナとしては、今まで特に世話になったことはなかったが、やはり王族なので、ペガサス姿の時には何度か顔を合わせたことがある。

他の人間のようにただ崇拝とか、敬意とか、畏怖《いふ》とか、そんな眼差しではなく、まるで研究者のような、というか、医師が患者を診《み》るような、というのか、独特の興味と熱意でじっくりと観察されて、なんだか背筋がぞわぞわしたものだ。

あえて近づきたい相手ではなかったが、いずれ、一度くらいはきちんと顔を合わせておくべき男だとは思っていたので、まあ、これを機会に、というところだろうか。

「おや、これは。ようこそ」

翌日の昼過ぎ、ふいをつくようにひょっこりと姿を現したルナ——虚弓の姿に、館の前の庭に出ていた男がわずかに目を瞬《しばた》かせるようにしてルナを眺めた。

四十過ぎぐらいか。長身で、しっとりと長い黒髪に黒い瞳。

蒼枇だ。フクロウのリクの主。

どうやら日射しの暖かなこの時間、広い庭で動物たちに餌《えさ》をやったり、運動をさせたりしていたようだ。

鷹だか鷲だかが高い空を舞い、ウサギが数匹、隅の方で草を食み、ネコが軒下をのっそりとうろついている。少し遠くには、鹿や馬もいるようだ。守護獣かどうかはわからないが。

そして木陰のベンチでくつろぐようにしながら、蒼枇は横で鎖につながれている大きな獅子の前に生の鶏肉をドサリ、と投げ出した。

隆々たる体つきの獅子は、目の前に置かれた餌にピクッと一瞬、身体を震わせ、物欲しそうに赤い舌をのぞかせたが、すぐに飛びつくようなことはしなかった。

ちらちらとねだるみたいに蒼枇の横顔をうかがっている。

「まだだ」

しかし素っ気なく言った蒼枇が、ゆったりとした様子でその獅子の喉元から耳の後ろ、そして背中をゆっくりと撫でていく。

そのましばらく許しは与えられず、こらえきれないように獅子の口元からダラダラと唾液が溢れ、くうぅん…、と惨《みじ》めな鳴き声が喉の奥からもれ聞こえる。ぷるぷると身体が震え、餌が欲しくてたまらないのは明らかだったが、しかし必死に我慢している。我慢させている主を襲うこともない。

おそらく獅子からすれば永遠のような長い時間、「待て」をさせられたあと、ようやく「いいよ」と許されて、弾けるように餌に飛びかかった。獰猛なうなり声で、ガツガツと肉に食らいつく。

犬並みの行儀のよさだ。これが調教――再調教の成果だろうか。

確かこの獅子は、しばらく前に謀反《むほん》を起こした地方領主――蒼枇とは兄弟だった――のところにいた凶暴、凶悪な守護獣で、かなりの調教が必要なのだろう。

一人の主につき一匹の守護獣がつくことがほとんどだったが、千弦や、この蒼枇などは例外で、数匹の守護獣を抱えている。

蒼枇の場合は、再調教の必要上いったん自分が主となり、きちんと躾け直して、新しい主を世話する時もあるし、それが見つけられない場合は、自分がそのまま主を続ける場合も多いようだ。

「あなたが訪ねてくれるとは…、光栄だな」

ルナに向き直った蒼枇が、穏やかに微笑んで言った。

そんな言葉に、ルナはわずかに目をすがめる。

「私を知っている？」

今のルナは「虚弓」の姿だ。この姿で正式に紹介されたことはもちろん、まともに顔を合わせたこともない。普通ならば、誰かの使いでやってきた男、というくらいの認識のはずだ。

それが「光栄」と口にするということは、「ルナ」である正体を知っているということになる。

「もちろん。……虚弓殿、とお呼びする方がいいんだろうね、今のお姿なら」

ルナは短く息をついた。ならば、ムダな演技をする必要はない。

「リクに聞いたの？」

「あの子からは言わなかったけれど、まあ、確認はとったかな。あなたのことは、目をつけてからしばらく観察させてもらっていたからね。他の守護獣たちとあなたとの距離とか、反応とかを見ていると、そうなのかなと思ったよ」

なるほど、他の動物との距離感か。さすがは「調教師」だけのことはあって、観察するポイントが違う。

言われてみれば、庭のあちこちにいた守護獣や普通の動物たちも、何か気にかかるようにふっと立ち止まってじっとこちらを眺めていた。あっという間に食事を終えた獅子も、ペロリと口のまわりの血をなめとってから、行儀よく背筋を伸ばして（ネコ科にはあるまじきことに）横にすわりこんでいたが、それでもじっとルナの様子をうかがっている。

「あの時の獅子だろう？　ずいぶんと手懐けたようだな」

ルナも視線でその獅子を指して言うと、蒼枇がおっとりとうなずいた。

「それが仕事だからね。ぼちぼちというところだよ」

そんなふうに答えながらも、満足のいく状況なのだろう。手慰みのように獅子の頭を撫で、手の甲で喉元を撫でてやる。

優しい仕草だったが、獅子の方はピクン、と身体を収縮させ、微妙な緊張が見られるようだ。警戒しているのか、怯《おび》えているのか。

人や他の守護獣を食い殺すこともためらわなかったようなこの獅子がこれほどおとなしくなるとは、いったいどんな躾なんだろう…、と、知りたいような、知りたくないような気もする。

蒼枇が指先でやわらかく耳に触れてから、いいよ、と短く言うと、獅子が息を吐くようにして全身を弛緩させ、地面の上に身体を伸ばした。チャラリ、と鎖の音がかすかに空気に溶ける。

「それで、今日は何のご用かな？」

ふわりと視線を上げ、穏やかに聞かれて、ルナはちょっと口ごもった。

腹具合が悪いのは、とりあえず今は収まっているし、そもそも目的としては。

「えーと…、騎兵隊の公荘という男を、あなたが引き抜いて都に連れてきたと聞いたんだけど」

無意識に視線を外しながらも、何気ないように口にする。

「公荘？」

蒼枇が意外そうに首をかしげる。

「いや…、どういう男かと思って」

「どう、ねぇ…。彼がどうかしたのかな？」

当然の流れだろう、何気なく聞かれて、一瞬つまったものの、ルナはあえてさらりと答えた。

「気になったから」

もちろん、キスされた――などと言うつもりはない。

「気になる」

ルナの言葉を繰り返し、ほう、とちょっと考えるように蒼枇がうなった。

「彼が何か無礼でも働いたのかな？」

しかしどこかおもしろそうに――見透かしてでもいるみたいに聞かれて、ルナはちろっと男を横目ににらんだ。

「何かしそうだと？」

「まあ、相手を見ることをしない男だからね。そもそも公荘としては、虚弓であるあなたに何かしたところで、それが無礼に当たるとは思っていないだろうから」

肩をすくめてあっさりと返され、まったくその通りなだけに、ルナはちょっと咳払《せきばら》いをした。

とはいえ、だ。

「相手が誰であろうと、していいことと悪いことがあるはずだけど？」

「それはもちろんだが、誰彼かまわずいきなり乱暴を働く男ではないはずだよ。あなたにならむしろ……ああ」

言いかけて、蒼枇は何か思いついたように言葉を切る。そしてふっと口元で笑って続けた。

「むしろあなたなら、彼の気に入るタイプだと思うが。とは言っても、まさかいきなり襲われたわけではないだろう？」

いかにも意味ありげな口ぶりは、公莊の「無礼」の内容、でなくとも、方向性は察したらしい。

「そこまでじゃないけどね」

「……なるほどね」

むっつりと答えたルナに、蒼枇が短く返す。

しまった、とルナは思わず唇を噛んだ。そこまではない、という言い方だと、その手前まで、と告白したも同じだ。

「まあ、手が早いというのはあるかもしれないね。動物並みに直感で動く男だ」

「あなたの仕事を手伝ったとか？」

喉で笑った蒼枇に、急いで話をもどすようにしてルナは尋ねた。

「そう、衰弱して迷っている守護獣がいると聞いてね。保護に行った時に。……危なかったよ。悪い連中に追いかけられていた」

眉間に皺を寄せて蒼枇がうなずく。

守護獣の寿命は――ルナのような聖獣でなければ――よい主を得ればかなり延びるが、逆に主を失えば一気に生命力は落ちる。あるいは主に巡り会えないまま、仲間からもはぐれてひとりぼっちで衰弱していくこともある。

主を選ぶ、その選択権は守護獣にあるのだが、それだけ弱ってしまえば拒否する力もなく、悪辣《あくらつ》な連中につけいられて無理やり契約を結ばされることにもなるのだ。

そうなると、力を利用されるだけ利用されて使い捨てにされるか、自らの快感として悪の道に染まってしまうか、だった。

突然変異のようなものなので、守護獣の生まれる割合はきわめて低いが、運がよければそうした衰弱した守護獣を見かけた動物から動物へと話が伝わり、まれにどこかの守護獣の耳に入ることがある。

その守護獣が主に伝え――基本的に主は王族なので、蒼枇の耳まで届く、というわけだ。

しかしどのあたりに迷っている守護獣がいるという情報があっても相当に範囲は広いし、保護に行くまでに移動している場合も多い。なので、鷹や鷲、虎や狼など、他の守護獣も動員して探し出すようだ。そのために、蒼枇が多くの種類の守護獣を抱えているということもあるのだろう。

「鹿の守護獣でね。怯えていたようでなかなか近づけなくて、ちょうど公荘の任地だったんだが、あの男が一番山中にくわしいというので案内についてもらったんだよ」

どうやら、蒼枇の怪しげな噂は地方まで届いており――任地の将軍が都からの派遣ならば当然だが――王族とはいえ、進んで同行したがる人間が少なかったということもあったらしい。その点公荘は、地形を知っているというだけでなく、蒼枇の引き連れていた守護獣たちにもたじろぐことがなかったようだ。

不思議なものだ。守護獣一匹を従えていると、王族としては完璧な一対という憧憬《しょうけい》を抱かれるものだが、数が多いとむしろ敬遠されるとは。

五日がかりの山狩りのような大捜索で、野宿での寝泊まりを共にし、どうやら変わり者同士、気が合ったというわけだろう。

「おもしろい男だよね、公荘は。興味深いよ」

まるで守護獣を見るのと同じような眼差しで、蒼枇がつぶやいた。あるいは、自分と同じ「調教師」の素質でも感じているのだろうか。

そしてふっと、ルナに楽しげな視線を向けてきた。

「実は公荘からも、虚弓という男を知らないかと聞かれたよ」

「なっ……。――いつっ？」

驚いて、ルナは思わず声を上げてしまう。

何をコソコソ人のことを探ってるんだっ！　と思ったが、……まあ、人のことは言えないのか、と今の自分を思い出す。

「ついさっき」

「えっ？」

しかしさらりと言われた言葉の意味を、一瞬、取り損ねた。

――ついさっき？

と、ちょうどその時だった。

「蒼枇様。裏庭のヤツらの餌はやっときましたよ」

いきなり背中から届いた声に、ビクッ、とルナは背筋を震わせた。

覚えのある男の声だ。

おそるおそる振り返ってみると。

「……虚弓？」

裏庭の方からまわってきたらしい公荘が、さすがに驚いたように目を見開いた。

「なんでおまえがここにいる？」

「お…おまえこそ」

少しばかり動揺しつつ、ルナは反射的に聞き返した。

それに公荘が片手に大きな桶《おけ》をぶら下げたまま、何気なく近づきながら軽く肩をすくめた。

「俺はたまにここに手伝いに来てるんでな。うちの馬の体調について相談に来ることもある」

あっさりと言われ、……まあ、無理のない話ではある。

——だったら最初に言ってくれればいいのにっ。

と、ルナは横目で蒼枇をにらんだが、相手は素知らぬ顔だった。

「悪いね、公荘」

気軽な調子でそう返すと、蒼枇がおもむろにつないでいた獅子の鎖を外して手に持ち、何気ない様子でベンチを立った。

「紹介する必要はないようだね。……ああ、公荘、裏の小屋の飼料は必要なだけ持っていってかまわないよ」

ちらりと二人を見てそれだけ言うと、従順な獅子を連れて館の中へ入っていく。

「ちょっ…」

いきなり二人で残されて、ルナはあわてて呼び止めようとしたが、呼び止めたとしても何を言っていいのかわからない。

結局、そのまま背中を見送ったルナに、公荘が独り言のようにつぶやいた。

「そうか…。おまえ、やっぱり蒼枇様と知り合いだったか」

「やっぱり？」

「あんたはどこかの隊に属しているにしては、行動が自由すぎるしな。やはり、一位様の身のまわりの役目を負っているのだとすれば、もしかすると蒼枇様がご存じかと思ったのさ」

「行動が自由なのはおまえもだろうが」

ちょっと視線をそらしつつ、ルナは言い返す。

「まあ、俺は規定の見回り以外は比較的自由になるんでね。ここへ来るのも馬の世話の一環だ」

「その一環で私の素性もこそこそと探っていたというわけだ」

腕を組み、ようやく男に向き直って皮肉たっぷりに言ったルナに、公荘がにやりと笑う。

「おまえが教えてくれないからな。こっちで探るしかない」

「……蒼枇…様は、何と答えていたんだ？」

まさか正体をバラしたわけではあるまい、とは思ったものの、いくぶん探るように聞く。

「聞いた覚えはあると。考えておくという話だったが…、蒼枇様に呼ばれたのか？」

その言葉にほっとしつつ、ルナは首を振った。

「いや、たまたまだ」

とはいえ、ある意味、必然なのかもしれないが。

おたがいに接点がここしか考えられなかった、ということだ。

……ということは、やはりこの男も自分のことが気になっていたわけだ。

そう思うと、ちょっと小気味よい。

「用はすんだのか？」

「え？　……ああ、まあね」

何気ないように聞かれて、ルナはうなずく。もともと用というほどの用はない。

「だったら手伝え」

そう言うと、返事も聞かずに男が歩き出した。館をまわりこむようにして、広い裏庭へと出る。

勝手だな、と少しばかりムッとしつつも、ルナはあとについていった。

その間にも、ウサギやら狐やらネコやらリスやらがちょろちょろとあたりを走りまわり、世話を手伝っている人間の姿も何人か見かける。人間なのか、あるいは人間に姿を変えているだけの守護獣なのか、遠くからではわからなかったが。

その動物たちは、二人とぶつかるとハッとしたように一瞬動きを止め、じっと確かめるみたいにこちらを眺めてはパタパタとあわてて駆け出していく。

「おまえはずいぶんと動物の扱いがうまいようだな」

そんな様子を眺めながら、男の半歩後ろからルナは言った。

「いや、俺は扱いがうまいというより、どっちかと言えば、怯えさせるところがあるようだな。顔を合わせたら向こうが一瞬、立ちすくむ。その間に退路を塞ぐことができるし、望む方向に追い立てることもできる」

「恐がられているのか。ま、いじめてくるようなヒドイ男だと察するからだろうね」

からかうようなルナの言葉に、男が肩をすくめる。

「俺ほど動物に優しい男はいないと思うがな…。面倒見もいいし、慣れるといい相棒になる。蒼枇様ほどの技量はないが、どんな動物でもある程度、手懐けるのは得意だしな」

「どんな動物でもねえ…」

ルナは鼻で笑う。だったらやってみろ、という感じだ。

公荘が向かったのは、広大な裏庭の端にぽつんと立っている小屋だった。重そうな扉を開くと、中は飼料小屋らしい。二階ほどの高さまで乾草が積み上げられている。

「いつもここまで取りに来てるのか？」

「いや。宮中の厩舎には一括して農家から買い上げる飼料が配布される。だが、ここのは質が違う。体力がない馬にいい」

尋ねたルナに、片手でつかんだ乾草の匂いをかいで公荘が答える。

確かに漂ってくる香りはよく、うまそうだ。……いや、馬ではないが。

王族の馬を扱う馬丁などであれば、一頭一頭、健康状態や毛艶などにも注意しながら毎日手入れをしているのだろうが、普通、騎兵隊の兵士がそこまで考えることはない。ただ、やはりふだん乗る自分の馬に、それだけ気を配っているということだろう。

そういう兵士もいる、ということだ。おそらく騎兵隊の中には、専任の馬丁に預けっぱなしで実際に使う時くらいしか馬の様子を見ない兵士も多いだろうから。

まあ「雑用」が主な任務である公荘たちの隊では、馬の世話も任務の一つとして押しつけられているのかもしれないが、少なくとも公荘はそれを苦にしているようではない。

「ちょっと待っててくれ」

振り返って公荘に言われ、ルナは手にしていた桶に飼い葉を押しこみ始めた公荘の背中を戸口から眺めていた。

が、ふと気がつくと、足下に数匹のネコが集まっていて、興味津々にルナを見上げている。

小屋に入りこんで、うっかり干し草の中に埋もれてしまったら危ないので、ルナはすぐ前にあった大木の木陰に移動した。

「おいで」

すわりこんで手招きすると、はじめは何か確認するみたいにそっと様子をうかがっていたネコたちが、だんだんと慣れてルナの膝の上やら、背中の上やらにじゃれつき始めた。白や黒やトラやらまだらやらと、全部で七、八匹。まだ生まれてひと月ばかりの子ネコも三、四匹混じっていて、いかにも好奇心旺盛な様子だ。

みゃう、みゃう、と小さく鳴くばかりで人の言葉を話してはこないので、どうやら守護獣ではなく(今のところ、だ)普通のネコばかりのようだった。あたりを見まわすと、親ネコらしい姿がこちらを眺めていたが、特にあせる様子もないのは、やはりルナの本来の姿を察しているということかもしれない。

蒼枇が飼っているのか、単にこのあたりをねぐらにしているのだろうか。

そうだ、とルナは思いついた。

「いいか、おまえたち。あの男、わかるだろう？　公莊だ」

小屋の中で何か作業をしている男の背中を指して言うと、ネコたちがいっせいにくるっとそちらを眺める。ルナの言うことは何となく理解できるらしい。

「おまえたち、王宮の中をあちこち冒険して遊んでるだろう？　これから、あの男の動きに注意してくれないかな？　遊んでる合間でいいよ。あの男に気づいたらあとをつけて、ふだん何をしてるとか、どこにいたとか、もしあの男のことで何かわかったら、教えてくれるとうれしいな」

そんなふうに言うと、ネコたちはいくぶん困惑したような、あるいは怯えたような様子を見せる。

なるほど、第一印象で恐がられるというのは本当らしい。

「大丈夫。とって食ったりはしないから。見つかっても多分、可愛がってくれると思うよ」

よしよし、と頭を撫でながら、ルナは言った。

そんな言葉に、もともと好奇心いっぱいのネコたちはみゃっ、みゃっ、と鳴いて、多分、乗ってくれたのだろう。さすがにルナもネコ語はわからないが、ある程度意思の疎通ができれば、いろいろと役に立ってくれそうだ。まあ、本来飽きっぽいネコたちなのであまり期待はできないが、居場所くらいはつかめるようになるかもしれない。

しばらくルナは木の枝を使ってネコたちと遊んでいたが、ふいに感じた気配にハッと顔を上げると、いつの間にか公莊が目の前に立っていた。

「おまえ、やっぱり…」

そしてネコまみれのルナを見下ろし、いくぶん驚いたように小さくつぶやく。

「やっぱり？」

ちょっと首をかしげたルナに、公莊が気を取り直したように続けた。

「いや、やっぱりおまえは一位様の……、守護獣の世話係なんじゃないかと思ってな」

ああ…、とルナはちらっと笑った。

なるほど。やはりそれが一番自然な解釈になるのだろう。

「まあね」

それならば、それで都合はいい。

「さすがにすごいな」

感心したように言ってさらに近づいた公莊の前で、ネコたちがいきなりピキッ！　と固まったかと思うと、次の瞬間、いっせいに走り出して木の後ろへ逃げ出した。足をもつれさせるようなすごい勢いだ。

「おまえは嫌われてるな」

にやりと笑ったルナは、立ち上がってパンパンと自分の尻の土をはたく。

苦笑いした公荘が、手にしていた大きな桶をルナに差し出した。乾草がいっぱいに詰めこまれている。

「悪いが、手を貸していただきたいのだが？　虚弓殿」

バカ丁寧《ていねい》に言われ、ルナは腕を組んでにっこりと微笑んだ。

「先日の無礼を詫《わ》びれば、考えないこともないけどね？」

「無礼？」

公荘がいかにもきょとんとした様子で考えこんでみせる。

「心当たりがないな。ここ最近の行動では、全裸の不審者に服を貸した善行くらいしか思い当たらないが？　そういえばあの時、見せてもらった肌の美しさは夢に見るほどだが――」

「貸せっ！」

カッ、と体温が上がったような気がして、ルナはひったくるように男の手から下がっていた桶の取っ手をつかんだ。思いの外、ずしり、と腕に重さがくる。

喉で笑いながら公荘は小屋までもどり、扉を元通りしっかりと閉めると、横に放り出していた大きな布袋の口をしっかりと紐《ひも》で縛《しば》り、肩に担ぎ上げた。その中にも干し草が入っているようだ。

「どこまで運ぶんだ？　まさか騎兵隊の兵舎までじゃないだろうな？」

ちょっと眉をよせて、ルナは尋ねた。

そこまでは相当な距離があるはずだ。しかも飼葉桶を持って奥宮を突っ切るというのも、王族が暮らす華やかな場所だけに、相当に美観的によろしくない。近衛兵のチェックを受けそうだ。

「なに、すぐそこだ」

しかし公莊はあっさりと言うと、芝生の美しい前庭を抜け、離宮の正面から奥宮へと続く回廊へと入っていった。

仕方なくルナもあとに続いたが、そういえば、公莊の立場で奥宮に立ち入るとなるとそれなりの正式な許可が必要なはずで、ちゃんと得ているのだろうか？

ふと、疑問に思う。

もちろん蒼枇を通せばとれるはずだが、しかし公莊にしても蒼枇にしても、いちいちそういう官僚的な手続きをとるのはめんどくさがりそうな気もする。

と、スタスタと歩いていた公莊がふいに口を開いた。

「動物の扱いがうまいと言うなら…、むしろおまえの方じゃないのか？」

まっすぐに前を向いたまま、憮然とうなるみたいな口調だった。

え？　とルナは反射的に男の横顔を見つめる。

一瞬、何のことかと思った。あるいは、さっきのネコのことかと。

「馬で巻かれたのは初めてだぞ」

しかしむっつりと続けられ、ようやく昨日のことだとわかる。

昨日の、ルナとの追いかけっこ。

気にしていないのかと思ったら、意外と根に持っていたらしい。

子供みたいに不服そうな男の顔に、ルナは知らず頬が緩むのがわかった。

そうだ。これが見たかったのだ。

ちょっと胸の奥がくすぐったくなるみたいにうれしい。

「ひょっとして拗《す》ねてるのか？」

にやにやと笑うように尋ねてやると、じろり、と横目ににらまれる。

「何にでも上はいるものだ。うぬぼれないことだな」

うそぶくように言うと、ふん、と公荘が鼻を鳴らす。

「そんなことは思っちゃいない。ただあんたが…、どんな手を使ったのか不思議でね」

らしくもなく、負け惜しみのような言葉。

「まぐれじゃないからね。いつでも挑戦は受けるよ？」

腕にかかる桶の重さはあったが、いくぶん気分はよくなり、ルナは微笑んで言った。

そのうちに回廊を外れ、公荘はいくつもの中庭を突っ切るようにして進んでいく。建物と庭と、かなり入り組んだ造りだったが、行き慣れているのか迷いはない。

奥宮でも外れの方だったためか、幸い人とすれ違うこともなく、石壁に挟まれた鉄門までたどり着いた。

しかしこんなところに来てどうするんだ？ と怪訝《けげん》に思った時、公荘は肩に担いでいた乾草の袋を思いきり壁の向こう側に放り投げる。

その向こうから馬のいななきが小さく聞こえ、えっ？　と驚いた。

鉄門の隙間からのぞくと、昨日も見た公荘の黒毛の馬がその袋を鼻でつっついていた。

「おい…、おまえ」

ルナはなかばあきれて公荘を眺めた。

どうやらここからは馬で運ぶつもりらしい。確かにそこからもう少し外へ出れば裏の森へと通じており、まわりこんで騎兵隊の兵舎のあたりまで馬で走れるはずだ。が、この壁の向こうはまだ中宮の敷地になり、馬の乗り入れは認められていないはずだ。

「警備上、問題のあることじゃないさ。いや、むしろこうしたルートをいくつかチェックできると、警備の穴も見つけられて、いざという時の役に立つくらいだな」

すかした顔で行動を正当化した公荘に、ルナはため息をついた。

「見つかったら大目玉だよ？」

また上官から叱責されることになり、出世も遠のきそうだ。……まあ、公荘自身すでに期待はしていないだろうが。

「俺が向こうに出たら、それを投げてくれ」

ルナにそう頼み、公荘は鉄門に手を掛ける。

もちろん鍵など持っておらず、乗り越えるつもりのようだ。

やれやれ…、と思ったその時だった。

「そこの者たち！　何をしている⁉」

いきなり、ピシャリと鋭い誰何《すいか》の声が飛んできた。

とっさには思い当たらなかったが、聞いたような声だ。

ハッと顔を上げると、木立の向こうから近衛兵らしい男が数人、険しい表情でこちらを注視している姿が見える。

「何だってまたこんなところに…」

ちっ、と公莊が短く舌打ちし、低くつぶやいた。

「おい、さっさと行けっ」

ルナはとっさに公莊に声をかけたが、公莊は握っていた鉄門から短い吐息とともに手を離した。

「そうもいかないだろ」

ルナとしては、自分一人なら何とでもごまかしようがあるのだが、公莊からするとルナを置いては逃げられないと思ったらしい。意外と男気がある。

「何者だっ!?」

「こんなところで何をしているっ？」

先触れのように兵士が二人、険しい顔で走ってきて、そのあとからさらに二人、上官らしい男たちが大股に近づいてきた。

その顔に、うわ、とルナはわずかに目を見張った。

貴瀬だ。近衛隊の総司令官。横についているのは副官だろうか。

向こうがルナを見知っているとは思えないが、ルナの方では何度か見かけていて顔も知っている。

近衛隊全体をまとめる立場でありながら、……いや、王族のそばで警護する立場にふさわしく、というべきだろうか。武人としてはめずらしく、優雅な雰囲気をまとった男だった。

長めのまっすぐな髪を一つにまとめ、よく通る心地よい声で、それに似合って貴公子然とした整った容貌。

そう。公荘とはかつてのライバルであり、天敵――ではなかったか。

確かに「何だってまたこんなところに」であり、公荘はすでに声で察していたらしい。

「ほう…、きさまか」

貴瀬が公荘の顔を認めて、わずかに目をすがめる。

「不審者です！　捕らえて詮議をっ」

兵の一人が腰の剣に手をかけて、表情を緊張させたまま声高に叫ぶ。

またかい…、とルナとしてはちょっとうんざりしてしまうが。

「確かに不審者だな」

両手を腰の後ろで組んでまっすぐに公荘の前に立った貴瀬が低く笑った。

実際に怪しい動きで――というか、間違いなく規定違反の行動であり、貴瀬としては好きなように公荘を料理できる、ということになる。

まずいな…、とルナはちょっと唇をなめた。

貴瀬からすると、何者だ？　という感じだろう。ルナをちらっと眺めて、ちょっと考えるように眉をよせてから、あらためて貴瀬が公荘に視線をもどす。

「相変わらずおもしろい場所に出没する男だな」

明らかな皮肉に、公荘が平然とした顔で返した。

「決まりきった道を行きたくない方でね」

その言葉は、定まった出世コースを進んでいる貴瀬に対する皮肉返しにも聞こえる。事実、そのつもりなのだろう。

ほう…、と貴瀬が低くうなった。

――バカっ、ここで怒らせてどうするっ？

と、ルナは内心でわめいたが、この場でどう動きようもない。

「相変わらず不遜な男だな」

ふん、と貴瀬が鼻を鳴らす。

「相変わらず、おまえも可愛くない」

それに真っ向から公荘が返し、脇の兵士たちが驚きと怒りで声を上げた。

「きさま…！　総司令に向かってその口の利き方は何だっ！」

今にも剣を抜きそうになったその間際、貴瀬が大きく右手を上げる。

「ちょっ…！」

何か指示するのか。いや、何であろうと止めないとっ、――と、とっさにルナが動こうとした次の瞬間――。

パン、と手を打つ小気味よい音が弾ける。

二人の男がかざしたおたがいの手のひらをタイミングよくたたき合わせ、そして次の呼吸で肩をたたき合った。

……まるで、旧友みたいに。

「宴席でも食堂でもなかなか顔を見ないと思ったら、やっぱりおまえは予想外のところにいやがるな、公莊」

「おまえこそだろ、貴瀬。総司令なんてお偉いさんになったんだ。豪華なイスでそっくり返ってりゃいいもんを」

楽しげにおたがい笑い合いながら、気安い会話を続けている。

制止しようとしたルナの手が宙で止まり、貴瀬の副官や配下の兵たちもポカンとした間抜け面をさらしていた。

「例によって、服務規定違反だな？　しょうがねぇな…。まぁ、見なかったことにしてやるが」

「おまえで助かったよ。……このルート、なんかの時にはヤバいが、しばらくはまだ俺が使ってるから。問題がありそうなら策を出しとくよ」

「ああ、そうしてくれ。……蒼枇様のところからの帰りか？　その男は？」

貴瀬が軽く顎でルナを指してくる。さすがに近衛隊総司令だけあって、何気ない様子ながらも隙のない眼差しだ。

「ちょっとした知り合いだ」

「そうか」

説明になってない説明に、貴瀬はうなずいただけだった。

「気ままなのもほどほどにしとけよ。騎兵隊の大隊長が相当にキレてるようだぞ。……ああ、そうだ。この間相談した件で話がある。今日の夜にでも飲めるか？」

「ああ」

そんな貴瀬の言葉に、公荘は一つうなずく。

「じゃあ、連絡する。逃げるなよ」

人差し指で突き刺すように念を押し、ちらっとルナの顔をもう一度確かめてから、貴瀬が配下を引き連れて去っていった。

その背中をルナはなかば呆然《ぼうぜん》と眺めてしまう。

「仲…、いいんだな……」

意外な思いで、ため息のように言葉がこぼれた。

「ま、昔からな。貴瀬くらいだろうぜ。俺とまともに付き合ってたのは」

「剣技の…、ライバルだったんだろう？」

「だからこそ、だろうな。俺が辺境に飛ばされた時、言ってたよ。俺がもうちょっと偉くなったら呼びもどしてやるよ、ってな。だから俺はただ待ってりゃよかったんだが、その前に自力で帰ってこられたわけだ。半年前にもどった時、借りを作り損ねてちょっとおもしろくなさそうな顔をしてたな。あいつ、ようやく総司令になったとこだったたし」

公荘が低く笑った。

なるほど、かつての剣のライバルが、今は立場に差がついたとはいえ友情をつないでいるというのはいい話なのだろう。

ともあれ、面倒にならなくてよかった。

「助かった。礼をしないとな」

と、公荘がおもむろにルナに向き直った。

「別に何もしてないけど？」

首をかしげたルナに、男がさらりと言う。

「ここまで運んでもらっただろ？　貴瀬にも目をつけさせたみたいだしな」

「別に問題ないけどね」

「俺には問題だ」

さらりと何気ないように言い、スッ…と自然な様子で男の手がルナの顎にかかる。

えっ？　と思った次の瞬間、唇が重ねられ、熱く強引な感触に舌が絡めとられた。

——な…に……？

頭の中が真っ白になる。

実際、たっぷりと舌が味わわれ、ゆっくりと離されても、しばらく呆然としたままだった。

「虚弓？」

どこかおもしろそうな公荘の声で、ようやく我に返る。

「なっ…、何が礼だっ！」

とっさに男の手を振り払い、反射的にあとずさった。が、すぐ後ろは壁でそれ以上は逃げられない。

「そうか？　お気に入りだと思ったがな」

「ふざけるなっ！」

顎を撫でるようにしてうそぶいた男に、ルナはどうしようもなく嚙みつく。

——二度目…!?　いや、三度だ。三度もっ！

こんなにもたやすく奪われたことにも腹が立つ。

低く笑いながら、公荘はあらためて鉄門に手をかけ、軽々と乗り越えた。

「投げてくれ」

うながされ、ルナは八つ当たりもこめて思いきり遠くへ放り投げてやる。

「昼間なら、俺は城壁周りを走らせていることが多い。気が向いたらつきあえよ」

壁の向こうから公荘の声が聞こえてくる。

そして、軽い馬の足取りと。

しかし頭の中が沸騰したまま、ルナは立ち尽くしていた。

油断していたつもりはないのに。

またしてもっ、と思うと、ひどく悔しい。

——だけど。

ルナはそっと、指でまだ熱を持つ唇に触れた。

腹は立つ。けど。

なぜか嫌では、なかったのだ──。

◇　◇

「おまえはなんで人の顔を見るたびに、……その、キスとかしてくるんだ？」

蒼枇の館で会ってから、ルナは時折、公荘のところへちょろちょろと遊びに行くようになっていた。

主に兵舎やら、その横にある厩舎のあたりだ。

騎兵隊には、式典などでの行進練習やふだんの訓練用に整備された正式な馬場があるのだが、公荘たちの小隊にはそこの使用が割り当てられておらず、厩舎の横の原っぱで配下の兵や馬の訓練などをしているらしい。

主な任務といえば、王宮の外周警備。それもあまり人通りのない、さして重要とは思われていないあたりのようだ。

それ以外では、広大な王宮の敷地内──奥宮には基本的に入れないので外宮と中宮になるが──を行ったり来たり、上官や官吏に命令された伝令をしたり、たまに陳情に来た人間同士、あるいは官吏たちともめ事になったのを仲裁したり、何かの荷物を運ぶのを手伝ったりと、「雑用係」と言われているだけあって、公荘の隊は場当たり的な小さな仕事に使われているようだった。

なので、定期的な巡回警備でなければ、公荘の居場所をつかむのはやっかいだったが、蒼枇のところのネコたちがなかなか役に立ってくれた。

動物たちは――守護獣でなくとも、王宮内は自由に動きまわれる。

ネコたちも日に日にその行動範囲を広げているようで、ルナの姿を見かけると、みゃっみゃっ、と走り寄ってきて公荘がどこにいる、と道案内してくれるのだ。

ルナとしては、公荘の居場所がわかればたいてい背後から忍び寄る。が、実際、本人が言っていたようにカンがよく、こっそりとのぞいていてもふっと視線を向けられることが多かった。

それでも、予期しない場所にルナがいるのに不思議そうな公荘の顔はちょっと楽しい。

そしてどんな場所でも、ルナを邪魔にしたり、追い払うようなことはなかった。

公荘は常に自分のペースがあり、緩やかに巻きこまれるみたいに、その中へ入るのは心地よい。まあ確かに、軍属としては問題なのかもしれなかったが。

決して規律正しく、ではなかったが、公荘はやるべきことはやっていたし、おそらくはそれ以上のこともきっちりと考えていた。派手に目立つ部分ではなかったが、誰かには必要なことを。

めったに使わない壊れた木戸や、錆《さ》びた門の鍵や、崩れかけた小橋や、そんな見かけたところを自分でさっさと補修したり、外周の長い警備ルートの中で、馬のために水が飲める休憩場所をいくつか確保しておいたり。

あるいは、警備の手薄なポイントに気づいてチェックしたり、王宮内で人の流れがうまくいっておらず、混雑する場所に少し手を入れるように進言したり。それらは一応、直属の大隊長に報告を上げるのだがほとんど無視されているので、こっそりと貴瀬の方にまわしているらしい。

公荘の定期的な巡回ルートはわかっていたので、ルナもそれにつきあうことがあった。

巡回警備は兵士二人一組が基本であり、普通は配下の兵に任せて小隊長がまわることはない。

公荘も、割り当てられた範囲を配下に割り振りして警備しているのだが、それとは別に公荘一人で自分が必要と思う場所をまわっているようだった。

馬を一頭借り、ルナもそれに同行するのである。

もちろん、兵士以外の人間をそんなふうに警備に連れまわすのは規定違反のはずだったが、そんな二人の時間は、ルナにとっては妙にリラックスできる、心地よいものだった。

何を話しているというわけでもなく、何パターンかの決まったコースだったが、日によって小さな発見があるのはおもしろい。

「あんたといると、妙に動物が目につくな…」

と、何気なくぽつりと言われた時には、ちょっとドキッとしたが。

動物の方でルナに気がつくと、あれ？　という感じで一瞬立ち止まるので、視界に入る割合が大きいのだろう。

時折、森を抜ける時間を競ったり、自然の障害物を越える競争をしたりすることもあり、ルナが勝つことの方が多かったが、釈然としないようにむっつりと悔しがる男の顔は見ていて楽しかった。

そしてなぜか——別れ際、男はキスを仕掛けてくる。

いや、それがわかっているのだから、ルナの方であっさりとかわせそうなものなのに、いつもうっかり許してしまっている。

自然な流れでうまくタイミングをつかまれてしまう、というのもあるし、あたりまえのことのように、いつもされるまですっかりルナが忘れてしまっている、というせいでもある。

自分でもまったく不思議だし、それこそ釈然としないのだが。

というか、そもそも、どうして公荘が自分にキスしてくるのか――なのだ。

今さらにハタとそんな疑問に突き当たってしまい、この日、ルナはようやく男の唇をかわして……というより、至近距離で危うく男の口を手のひらでブロックした状態で尋ねていた。

巡回後に借りた馬に水を飲ませ、厩舎に入れた、その直後だ。

すでに夕闇が落ち始め、厩舎の中はかなり薄暗い。

ルナは壁際へ追い詰められ、逃げるのを阻《はば》むみたいに、男の右腕がドン、とルナの左の頬をかすめて壁に突き立てられている。

きわどく阻止された公荘が、あぁ？　という、いささか物騒な視線を向けてきた。

しかし男の口を塞いだままでは返事もできないとようやく気づき、じーっと、二頭いた馬の四つのつぶらな瞳に見つめられているのを感じながら、ルナは警戒しつつ、慎重に男の口から手を離す。

気を取り直すように、公荘が息をつき、コホン、と咳払いをしてから、いかにも平然とした顔で答えた。

「したいからに決まっているだろう」

「……ずいぶん即物的だな」

身も蓋《ふた》もない答えに、ルナはむっつりとうなった。

「もう少し理性と礼儀があってもいいんじゃないのか？」

そして嫌みたっぷりに言ったルナに、公莊がわずかに身を引いて少し考えこむように腕を組んだ。

「なんでかな…、あんたの顔見てるとムラムラしてくるんだな。皮を食い破って骨まで貪り食いたい気分になるというか。……つまり、あんたのせいだろう。むしろ、キスだけでよく自分をなだめられてると思うよ」

「なんでだっ！」

すかした顔で堂々と言った男に、思わずルナはわめいた。

「自分の変態性欲を人のせいにするなっ」

この男なら本当に骨までボリボリと食ってしまいそうで、ちょっと背筋が寒くなる。

しばらく忘れていたが、最初に会った時に感じたぞくりとくる感覚だ。

「そうなるのはあんただけなんだが？」

いかにもルナのせいみたいに、男がちろっと横目に眺めてくる。

「初対面であんな姿を見せつけられたせいかもな…。責任はとってもらわねぇと」

それを言われると、いささか痛い。いや、もちろん不可抗力なのだが。

ルナはそっと息を吸いこみ、冷静に、と自分に言い聞かせながら、うかがうように男を見上げる。

「つまり…、私に気があるのか？」

そんな問いに、男が口元でにやりと笑う。

「おそろしくうまそうだ」

わずかに身をかがめた男に耳元で吐息のようにささやかれ、ぞぞぞっ、と膝が崩れそうになる。

――肉食獣め…っ。

グッと腹に力をこめて、内心でうめいた。

しかし考えてみれば、この男をその気にさせられたのなら、当初の復讐という目的通りにいっているはずだった。

夢中にさせてあっさり捨ててやる、という。

けれど、何か違うような気もする。

「で？ 唇はお許しいただけるのかな？」

あらためてまっすぐに聞かれ、ルナはさすがにとまどった。

なんでさせなきゃいけないんだっ、とは思うが、ここまで来て……すでに何度もしたあとで、今さらムキになって拒否するのも、なんだか自分の方が意識しているみたいで、あせっているみたいで、まったく慣れていない生娘みたいで、……妙に気恥ずかしい。

「まぁ…、別にキスくらい、かまわないけどね。食われるのは困るし」

ちょっと視線を逸らし、余裕のあるふりで前髪などかき上げつつ、ルナは精いっぱい平然と返してやる。

「それでは、お言葉に甘えて」

澄ました顔で言った男があらためて顔を近づけてきて、ルナはとっさに目を閉じた。

いつものように、意識しない間にかすめ取られるのは腹が立つが、こうやって待っている時間はひどく混乱する。無意識に唇を噛みしめてしまう。

男の吐息を感じるほどすぐそばで、小さく笑われた気配がして、とっさに突き放そうとしたが、その手があっさりとつかみとられ、額に、鼻先に、いつになくなだめるような優しいキスが落とされる。

えっ？　と思った次の瞬間、温かい感触が唇に重なり、そのまま無遠慮な熱い舌が入りこんできた。

片方の手首はつかまれたままで壁に押しつけられ、反射的に伸ばしたもう片方の手が男の肩をつかむ。

しかし押しのけることはできず、圧倒的な力で濡れた舌がルナの口の中を掻きまわす。きつく、優しく舌が絡められ、吸い上げられて、いつの間にか夢中でルナもそれに応えてしまっている。

伸びた手が男の背中にすべり落ち、無意識に引きよせる。

この男とのキスに慣れてしまった。あまつさえ、ちょっと気持ちよく、期待してしまうくらいに。

離れがたく感じるくらいに。

さすがに息苦しく、ようやくおたがいに唇が離れた。

その一瞬に、ふっと視線が合う。

明らかな欲望が見えた気がしたが、薄暗さに紛れて、ルナはとっさに逸らした。

「もう…、いいだろ」

そしてあわてて男の胸を軽く突き放す。

「いい味だ。いつも味見だけで、焦《じ》らされてる気分になるがな」

「勝手に焦れてれば？」

とぼけたような男の声が聞こえ、ルナは強いて素っ気なく返した。

「帰る」

そして男の顔も見ず、バタバタと厩舎を飛び出した。

またな、と楽しげな男の声が背中に届く。

そんな余裕がちょっと憎たらしい。

鮮やかな残照に浮かぶ道を、頭が空っぽなまま走り、奥宮への庭へ入りこんでからようやくホッと息をついた。

なんでだ…？ と思う。いや、何が何だか、というのか。

ただ、まずいな…、という気がした。

思いきり振りまわしてやるつもりだったのに。

これだと、まるで――。


それから三日ほど、ルナはあえて公荘には近づかなかった。

実際のところ、奥宮に立ち入る立場にない公荘には、こちらから近づかない限り接点はなく、会わずにいることは簡単だった。

とはいえ、そのへんの他の動物のように怯えている、と思われるのはちょっと業腹だ。

そんな中、この日は国王主催の園遊会が華やかに開かれていた。正しくは、園遊会と遠乗りを合わせたような催しで、大がかりなピクニックのようなものだ。

王宮の裏庭で王族や貴族たちが集い、そこから広がる平原や森へと馬を走らせるのである。

さすがにこの種の集まりだと、騎兵隊の役目が大きくなる。

乗馬を嗜《たしな》まない夫人や令嬢たちがとどまる庭の方は近衛隊の守備範囲だが、遠乗りに出る広い範囲では、騎兵隊があらかじめ大きく囲うように警備についている。もちろん、王や王族のそばにも騎兵隊からそれなりの警護がつくわけだ。

とはいえ、そんな誉れある役割を公荘が任されるはずもない。

国王の主催なだけに、ふだんの宴などには顔を出さない千弦もこの日は出席しており、引きも切らない貴族たちの挨拶《あいさつ》攻勢を受けていた。そうでなくとも、日々、政務にいそしんでいる千弦とは、貴族といえど顔を合わせる機会はめったにないのだ。

それに千弦は穏やかに微笑んで受け応えているが、内心では相当に辟易《へきえき》しているだろう。

そしてそのそばには、「一位様の守護獣の一匹」と揶揄《やゆ》されている牙軌が、相変わらず無表情なまぴったりとついていた。

まったくのところ、ルナよりも正しく守護獣らしい。そして牙軌であれば、ルナとしても安心して任せられる。

園遊会は昼を少し過ぎたくらいから開始されていた。

楽団なども入っており、今回はかなり大規模なものだ。庭の正面の平原にコースを作り、数頭の馬を競わせるなど、凝った演出もされている。

どうやら国王から指名を受けた貴瀬の仕切りのようで、さすがにこんなところでも手腕を発揮しているようだ。そのせいか、いつになく華やかな雰囲気だった。

問題はなさそうだったが、すでに結構な酒が入っている連中もいるようで、進むにつれて注意が必要なくらいだろうか。

千弦のお付きに紛れて入りこんだルナは、馬のレースで盛り上がる一角からは少し離れて、きょろきょろとあたりを見まわしていた。

弾むような音楽が奏《かな》でられ、にぎやかな笑い声があちこちで広がる中、無意識に公荘を探していた自分に気づいて、ルナはハッとする。

が、まあ、あの男がいるとすればこんな場所じゃないな、と思った。もっと目立たない、端の方の警備だろう。

やがて日が傾きはじめ、その頃には国王や千弦たち、主だった王族はすでに退出しており、緊張が解けたせいか徐々に場の空気が緩み始めた。

それでも多くの者たちにとっては、宴席へと流れこむこれからが本番なのだろう。

貴族たちや高位の官僚たち、それに将軍たちがあちこちで固まって気楽な様子で談笑し、その中を侍女や侍従たちが飲み物や食べ物を配ってまわっている。

さらには、各部隊から警備半分の武官たちも多く混じっていた。もともと役付の武官の多くは貴族の子弟である。

さらには、奥宮勤めの女官や高級侍女たちの姿も多く目についた。

しっかりと根回しもしたのだろうが、これだけ動員できるというのはやはり貴瀬の政治力の高さだろう。

つまりこのような大規模な集まりは、武官たちにとってはめったにない出会いの場となっているのだ。文官であればまだ宮中で働く女たちとの接触もあるが、武官にはなかなかそんな機会がない。もちろん、ふだんは館の奥に暮らす貴族の令嬢たちとも。

男ばかりの飲み会と違って、めったにお目にかかれない選りすぐりの女性たちが集まっているわけで、若い連中などは内心で、昼間のうちに目当ての女に唾《つば》をつけ、日が暮れてから一気に持ちこむ算段を頭の中でしているはずだ。

多くの貴族たちにとって結婚は自由にはならないが、その分、合間に「気楽な恋愛」を楽しんでいる。もちろん、女の方からも品定めはされるわけだが。

さしずめ貴瀬などは、その標的の筆頭だろう。

どこにいても、貴瀬がいるあたりはすぐにわかる。女性に取り囲まれ、ひときわにぎやかなのだ。

身分も地位も金もあるわけだが、そんなものをひけらかさずとも女の方から寄ってくる魅力がある。

四十を前にいまだ独身ということもあって、あわよくば、という期待があるのだろう。婚約したとか聞いたが、それでもあきらめきれない女は多そうだ。

そういえば公荘の方も、人妻にモテるとか言ってたな…、とちらっと思い出す。部下の男に言わせれば、だが。

まあ、ああいう宮中の貴族にはちょっといないような野性味のある男は、いささか退屈を持て余し、刺激を求める人妻やキャリアのある女官たちには、よい火遊びの相手なのかもしれない。後腐れもなさそうだし。

……肉食人妻のオモチャになって食われてろ。

何となくムカッとしつつ、ルナは内心で毒づく。

と、その時だった。

「──うわ…っ！」

いきなり腰に太い腕が巻きついたかと思うと、そのまま強い力で背中から抱き寄せられ、ルナは思わず高い声を上げていた。

「やっぱり来てたな」

耳元で笑うような声が落とされ、そのまま身体の奥まで沁みこんでくるみたいで、一瞬、ぶるっと身体の芯が震える。あせって振り返ると、にやけた公荘の顔があった。

「バカっ、離せ…っ！」

なぜか一気に体温が上がり、ルナは反射的に暴れて男の腕を振り払う。

と、その勢いで体勢が大きく崩れ、いきなり横から飛び出してきた男と勢いよく肩がぶつかってしまった。

「おい、虚弓っ」

あせったように公荘が腕を伸ばし、危うくルナの身体を引き寄せる。

が、そのせいで、なかばルナに倒れかかっていた男の身体がそのまま支えをなくすように大きく揺らぎ、危うく横のテーブルに手をついて支えた。

酒臭い息が空気にまき散らされ、どうやらすでにかなりの量を飲んでいるらしい。

テーブルにいた数名の短い悲鳴が交錯し、ざわっ、と一瞬にまわりの視線が集まる中、

「す…すみませんっ、失礼しますっ」

と侍女が一人、あわててその鼻先を逃げていった。

どうやらその男に絡まれていたようだ。

「おいっ、待たんか、くそ…っ」

男が未練がましくその背中を追おうとし、しかしまっすぐ立つのもおぼつかない足取りではとても捕まえられるものではない。

ようやくあきらめていまいましそうに舌打ちしたのは、ルナも式典などで見かけたことのある顔だった。

騎兵隊大隊長——つまり、公荘の直属の上官である。

確か、伏路とかいう男だ。

「……なんだぁ…？　きさま、公荘か…。こんなところで何をしているっ？　おまえの持ち場はこんなところではあるまいっ！」

とろんと見上げた酔眼には、どうやら公荘の方がはっきり映ったらしい。まあ、ルナの顔など覚え

てもいないだろうから無理もないが。

「いや、公荘じゃなくて、私が――」

さすがに上官相手だ。そもそもぶつかったのもルナの方だし、ちょっとあわてて前に出ようとしたルナを、公荘がいくぶん強引に片腕で背中に押しやった。しっかりとかばうみたいに。

「おまえが出ると面倒になるだけだ」

小声でピシャリと言われ、ルナはちょっと口ごもってからうかがうように言う。

「……知らないぞ？」

「今より立場が悪くなるわけじゃないからな」

が、公荘はあっさりと答えた。

「公荘、きさま…、邪魔しやがって…っ」

やはり伏路は、ぶつかったのが公荘だと思ったのだろう。危うい足下のまま、しなだれかかるような体勢で公荘の胸元をつかみ上げようとする。

「もうかなり酔っておられるようですな」

公荘がのんびりと返した。

ろれつもまわっていない酔っ払いをまともに相手にするつもりはないようで、軽くその手を振りほどいたが、それだけで男は大きくよろけて情けなく地面へ尻餅をついてしまった。

「ふ、伏路様…っ」

うおっ、とあわててまわりが跳び退り、副官だろうか、少しうしろについていた三十前後の小柄な男が、あわてて助け起こしている。

「な…何をするかっ！」

「これは失礼。しかしまだ日もあるうちから、ずいぶんと足下も危ういご様子」

真っ赤な顔で吐き捨てるように言った伏路に、公荘が軽く肩をすくめる。

「なんだと…？　きさまの知ったことではないわっ。おまえと違って俺は大事なつきあいがある立場だからなっ」

「なるほど？　そのお相手はあいにく、つきあっている余裕がなかったようですね」

そして女が逃げた方に視線をやって、つらっとした表情で返した公荘の言葉に、まわりにいた男たちが思わずこぼれた失笑を急いで手のひらで押し隠した。

「あーあぁ…、妻子もいるってのに、ホント、女好きだよな…。伏路様は」

「ま、金だけは持ってるしな」

横であきれたようにヒソヒソやっている兵士たちの声がかすかに耳に届く。

そういえば伏路は、スケベオヤジ——とか、他の部隊の兵士たちにもさんざん言われていたことを思い出した。

確か、そこそこ名のある貴族の出だったはずだが、身分と地位と金をエサに食い散らかし、顰蹙《ひんしゅく》を買っているというわけだろう。

「や、やかましいっ！　だいたいなんできさまがここにいるっ？　ここはきさまのような素性も知れぬ男がうろついていい場所ではないわっ」

自分が醜態をさらした自覚はあるのか、伏路が目をつり上げて怒鳴り散らす。

上官との折り合いが悪いとは聞いていたが、実際、かなり嫌われているようだ。

もっとも公莊の方も、あえてへつらうつもりはないらしい。上官の罵声を意に介した様子もなく、つらっと続けた。

「遠乗りの最中に落馬された方をお送りしてきただけですよ。私としては、このような晴れがましい場で女の尻を追いかけるような厚かましい真似はできませんのでね」

「なっ、きさま…！ 何が言いたいっ⁉」

飄々《ひょうひょう》としたあからさまな当てこすりに、伏路がもともと酒で赤かった顔をさらに怒りで赤くして公莊をにらみつけた。

「いい気になるなよ…、きさまっ！ 蒼枇様の口利きかなんか知らんが、名ばかりのクズみたいな貴族の分際でっ」

いかにもめんどくさそうにため息をもらした公莊だったが、激高してわめいた伏路の言葉に少しばかり目をすがめた。

「ま、確かに俺は、どんな血が混じっているのかもわからんクズみたいな生まれですがね…、養父《ちち》に対する侮辱は聞き捨てならないな」

「な、なに…？」

低く、感情を押し殺したような声に気圧され、伏路がわずかにあとずさる。

公莊の後ろで、へぇ…、とルナは小さくつぶやいた。

下級貴族の生活を窮屈《きゅうくつ》に思っているわりには、やはり拾ってくれた養父への恩義や敬愛は感じているらしい。

ふぅ…、といくぶん大きく息を吸いこんでから、公荘の視線がスッ…と鋭く、なかば伏路の身体を支えるようにしていた副官に向けられる。

「左紺《さこん》殿、その男、さっさと連れて帰った方がいいんじゃないのか？　これ以上、無様な真似をして、騎兵隊の恥にならんうちにな」

「公荘殿…、言葉に気をつけられた方が」

左紺と呼ばれた男がいくぶんあせったように伏路と公荘の顔を見比べて、小声で注意する。

騎兵隊大隊長の副官ならもちろん軍属のはずだが、いかにも気が弱そうで顔色も悪く、部屋の隅で書類をえんえんとめくっていそうなタイプに見えた。この調子で毎日伏路に怒鳴り散らされ、八つ当たりされていると、胃を痛めそうだ。

「公荘、きさま…っ、上官に向かってそんな口を利いていいと思っているのかっ！　ただではすまさんぞっ！」

しかしさらに頭に血を上らせ、酒のせいで気が大きくなっているのか、副官の腕を邪険に振り払い、公荘に向かってこようとしている。

まともにやり合って相手になるような気はしないが、やはり上官だという驕《おご》りだろうか。自分に手を出せるはずはない、という。

「陛下は退出なさったとはいえ、このような場での騒ぎはまずいんじゃないですかね？」

それにとぼけたように公荘が返した。

口元に小さな笑みを刻み、視線は冷ややかに。酔っ払いだし、相手にするのもバカらしいとはわかっているはずだが、養父を蔑《さげす》まれたこともあり、絡み酒の相手で一発くらい本気で殴る気かもしれない。だがそうすると、公荘としても処分は受けるはずだ。

「前から気に食わん男だったのだ…。口の利き方を教えてやるっ！」

「ふ、伏路様…！」

必死に止めようとする副官の身体をうるさそうに押しやって、だらりと伏路が公荘に近づいていく。

勝敗は目に見えていたが、公衆の面前で恥を掻かされた伏路が、酔いが醒《さ》めたあと黙っているとも思えない。

成り行きを眺めているまわりの人間たちには、いい余興の一つに映っているのだろうか。

無責任な期待と不安の入り交じった緊張があたりに張り詰め、いっぱいに膨れ上がったその時——

ふいに朗らかな声が割って入った。

「まあ、そのへんにしておきませんか、伏路殿」

ハッとそちらに目をやると、一人の男が自然と道を作った野次馬の間から姿を見せる。

貴瀬だ。軍の同じような制服を身につけていても、園遊会という場にふさわしい、どこか華やかな気品を醸し出している。

さすがにこの佇まいは公荘には出せないな…、とルナはちらっと苦笑してしまう。

優男に見えて、現れるだけで空気を変えてしまえるのはさすがの貫禄だった。

公荘の窮状を見かけたのだろうが、貴瀬としてはもちろん、自分の仕切る場で騒ぎなど起こさせるわけにはいかないはずだ。

「まだまだこれから、夜に向けて楽しく過ごすところですよ。少々の不作法は大目にみていただけませんか。……ここは私の顔を立てて」

公荘の前に立ち、伏路に向き合うようにして、穏やかながらも押しの強い、力のこもったとりなしに、伏路もさすがに相手を見たのだろう。そしてようやく、自分たちをとり巻いている冷ややかな反応にも気づいたらしく、体裁が悪いように小さく鼻を鳴らした。

「……まあ、貴瀬殿のお立場もありますからな。しかしあまりいい気にならんことだぞっ、公荘」

吠えるように口にし、公荘をひとにらみしてから、よろよろと伏路が去っていく。失礼しますっ、とあわてて左紺とかいう副官があとを追った。

役者の片方が退場し、さすがにホッとしたように、あるいは失望したように、まわりの空気が緩んできた。遠巻きにしていた野次馬の輪も崩れて、ざわざわともとの空気にもどり始める。

「手間をかけたな」

「いや」

そんな短い、気の置けないやりとりがあってから、ふっと貴瀬がルナに視線を向けてきた。

「またお会いしたな。あの時は紹介してもらえなかったが」

いくぶん意味ありげに言って、朗らかに男前な笑みを見せる。

なるほど、このさわやかな笑顔では女たちもなびくわけだ。

「あぁ…、虚弓だ」

いくぶんしぶしぶといった様子で、耳の下を掻きながら公荘が簡単に紹介してくれる。

「一位様の…、お付きですね？　一、二度、お見かけしたことが」

何かの儀式の際、千弦付きということでこっそり混じっていたことが何度かあったくらいだったが、さすがにめざとく、記憶力もいいようだ。

「近衛総司令官のお目にとまっていたとは光栄ですね」

ルナも微笑んで返した。

「あなたのように美しい方なら当然のこと。……ですので、つきあう男は選んだ方がいいと、ご忠告しておきましょう。めんどくさいヤツですよ。空気も読めない」

ちろっと公荘を横目に、明らかにからかっている調子だ。

「ええ。知っています」

共犯者の笑みで微笑んだルナに、公荘が不機嫌に鼻を鳴らす。

と、背後から貴瀬の名を呼ぶ声が届き、失礼、と貴瀬が振り返った。

「おい」

その隙に、公荘がルナの腕をいささか強引に引いて、少し後ろにあった大木の陰へと引きずりこんだ。ちょうど園遊会の準備のために、備品の置き場にしていた小ぶりなテントが張られている。

その中にルナを押しやり、薄暗い中でむっつりとルナを見下ろしてきた。

「おまえ…、あんまり貴瀬に懐くなよ」

はぁ？　と思ったものの、いささかおもしろくなさそうなそんな言葉に、ルナはふぅん？　と男を見上げた。ちょっと胸の奥がくすぐったい。

「なんだ？　心配してるのか？」

「あたりまえだろ」

にやっといかにも意味ありげに聞いてやると、思いの外まともに返されて、ちょっととまどってしまう。

「それはつまり……、ええと、私に気があるということなのか？」

いかにも懐疑的なルナの表情を確かめるようにじっと見下ろし、公荘が口元で小さく笑った。

「自信満々かと思ったが」

短く口にすると、いかにも楽しげな——何か企んでいるかのような眼差しでルナを眺めてくる。

「ふーん…、なるほど？　あんた、あんな格好で男を引っ掛けまくって食い散らかして、ずいぶん遊び慣れてるふうでいて、ド淫乱《いんらん》ぶってるくせに、実は生娘です、ってパターンなんだな」

勝手に納得したようにうなずいた男に、ルナは一瞬、あっけにとられた。

いや、言われた意味が、正直すぐには頭に入ってこない。

ただただ呆然としていたルナに、男がぬっと顔を近づけてくる。そして耳元でささやいた。

「どんだけ可愛いんだよ」

「なっ…ばっ…ど…っ」

次の瞬間、言われた言葉が一気に爆発した感じで、頭の中が沸騰しそうになった。

自分でも何を言っているのか、何を言いたいのかわからない。

「そんなんで俺をハメようってか？」

しかしかまわず、男は余裕を見せるみたいに腕を組む。

「ま、見事にハマったわけだが」

苦笑するように唇を歪《ゆが》めた男に、ルナは窒息しそうになりながら必死にわめいた。

「クソボケっ！　誰がド淫乱だっ」

第一、生娘ではない。千年も生きて、そんなわけがない。

喉で笑いながら、公荘が静かに続けた。

「あんたが初めてだよ。ここまで気になったやつはな…」

「おまえ…、何……」

しみじみと言われ、耳まで熱くなるのを感じながら、ルナはようやく息を整えてうめく。

いや、ずいぶんな言われようだが、これは……告白されている、ということなのか？

と、ようやく気づく。

「コレが恋だとしたら…、初恋かもな」

男がさらりと言った。

ルナはちょっと息を呑《の》む。反射的に視線を逸らし、ようやく低く返した。

「とても本気とは思えないな」

「十分本気のつもりだが…、あんたはどうなんだ？」

聞き返され、ふっとルナは胸の奥にぽつりとにじむような淋しさを覚える。

「私は……恋愛に向いている男じゃないよ」

自分でよくわかっていた。

いずれくる別れがわかっていたから。先に相手を失うことを知っていたから、どうしても深く踏み出せないのだ。

だから千弦たちをからかって遊ぶことで、そんな淋しさを紛らわそうとする。

「俺だって向いてる方じゃない」

しかしさらりと言われた言葉に、あ…、と顔を上げた。

「だがあんたとなら、試してみる価値はあると思ったが？」

まっすぐな、ふてぶてしく自信ありげな眼差しに見つめられ、ルナはどうしたらいいのかわからなくなる。

返事を待たず、スッ…と伸びた男の手がいきなりルナの腰を引きよせた。

「おい…っ」

あせって思わず突き放そうとしたルナの抵抗もかまわず、男は残っていたテーブルにルナの身体を押し倒した。膝で強引にルナの足を割り、内腿がこすり上げられる。首筋から喉元へと、すっと指を這《は》わしてくる。

じっと頭上から見下ろす眼差しがいつになく熱い。

「バッ…、何する気だっ!?　園遊会の最中だぞっ」

その明らかな意図に、あせってルナは声を上げた。

「だからだろ。特にやることもないしな」

「警備があるだろうっ、警備が！」

「と言われても、せっかくのチャンスを逃すのはな…」

自分のシャツの喉元を緩めながら、にやりと男が笑う。

薄暗くてよく見えなかったが、男の首筋からうなじの方へと続く大きな傷跡がひどく男っぽく、ルナの目を吸いよせる。

と、男がふっと首をひねった。

「というか、園遊会の最中でなけりゃ、かまわないのか？」

指摘されて、ルナは思わず目を見張ってしまう。

「そ…そんなことは言ってないっ！」

カッと頬が熱くなった。

「やっぱりあんた、可愛いな」

公荘が低く笑う。

と、その時だった。

「おい、公荘！　——公荘っ？　どこにいるっ!?　ちょっと顔を貸せ」

外からいくぶんくぐもった、貴瀬の探す声が聞こえてくる。

チッ、と公荘が渋い顔で舌打ちし、テントの入り口までもどって顔を突き出した。

「ああ。ちょっと待ってくれ！　――おっと…」

その大きく叫び返す背中を突き飛ばすようにして、ルナはウサギみたいに逃げ出した。

我ながら屈辱だ。クソっ。

「次は覚悟しとけ」

背中からからかうような声が聞こえてきたが、ルナは振り返らなかった。

あ……危ないっ、危ないっ、危ないっ！　貞操の危機だった…！

というか、こんな状況で何を考えてるんだ、あのクソオヤジ…っ。

内心で思いきり罵《ののし》る。

人混みをかき分けてしばらく息もつかずに走り、息継ぎと一緒にようやく足を止めた。

肩で息をしながら、目についたテーブルのグラスをつかんで一気にあおる。

葡萄《ぶどう》酒のようで、ちょっとむせたが、それでもようやく人心地ついた。

そっと振り返ってみるが、さすがに公荘の姿は客の中に埋もれていた。

ホーッ…と長い息をつく。

――からかわれた、のだろうか？

正直、よくわからなかった。だが、あんなに過剰に反応するべきじゃなかった…、とちょっと後悔する。

受け流せばよかったのだ。

ただそれができなかった自分に、ルナはため息をつく。

帰ろ、と思ったが、道筋としてはさっきのあたりまでもどる必要がある。

出くわさないように用心しつつ、人混みを抜けていくと、ふと視線の先に公莊を見つけた。横には貴瀬がいる。

そう、貴瀬が何か用があったようだ。

遠くから何気なく眺めていると、女官らしい華やかな女性たちに囲まれて談笑している様子が見える。

まさか、人を口説いたその舌で女をナンパしているのか？

と、思わずむっつりとしたが、あ、と思い出す。

そういえば、貴瀬が奥宮の女官と婚約したとか言っていた。だとすれば、その女性をこの機会に友人に紹介したということかもしれない。

名門の出で、貴瀬の年まで結婚していないというのもめずらしいが、それを言えば公莊も、なのだろう。貴瀬ほどまわりがうるさくはなかったのだろうが。

——初恋かもな…。

さらりと口にした公莊の声が耳に残っている。

どこか切なく、甘く、胸の奥が疼《うず》くようだった——。

◇

◇

「おはよう、ご主人様！　今日もいい天気だねっ」

ルナが千弦の寝室を元気いっぱいに訪れたのは、厚いカーテンの隙間からようやく朝の日射しがすべりこみ始めた時間だった。

秋深いこの時期、早朝とは言えなくとも、かなり早い時間である。

当然、二人とも——千弦と牙軌だ——まだベッドの中でぬくぬくと睦《むつ》み合っている時間帯……だと思ったのだが。

千弦の方はまだシーツにくるまってベッドの中だったが、牙軌はすでに起きて服も整えていた。

チッ…、とルナは舌を弾く。つまらん。

少しは朝もイチャイチャしやがれっ、というか、若いんだからもっとサカっててもいいんじゃないの？　という気がするのだが。

ベッドの脇から寝顔をのぞきこむようにして千弦に布団をかけ直していた牙軌が、ふっと千弦にむき直し、淡々と「おはようございます」と挨拶してくる。

せめてもっと驚いてくれるとか、少しは嫌そうな顔をしてくれれば可愛げがあるのだが、それすらないのが憎たらしい。

まあ、ルナがこうした襲撃をかけるのは初めてでもなく、牙軌としてもそろそろ慣れたのかもしれない。以前には、まだ夜が明けきらぬ薄闇の中、こっそりと千弦の寝室に忍びこみ、ベッド脇でうずくまって寝ていたこともある。ペガサス姿でだ。

そして朝起きて、あせって声を上げる二人が楽しいのだ。……いや、牙軌には常に手元にある刀を反射的に握られてしまったが。

しかしルナに侵入されたことに気づかず眠りこけていたことを、牙軌自身は不覚に思ったらしく、それ以来さらに敏感になってしまった。

ルナとしては、その時はむしろペガサス姿だったことを評価してほしいところだったが。

人の姿ならば、二人のベッドの中に忍びこんでいたところである。昔はしょっちゅう、千弦のベッドで一緒に寝てやったこともあるのだし。

物心つく前から、いつどこに、どんなタイミングで現れてもおかしくないルナだったから、千弦の方は無頓着になっているようだが、牙軌はさすがに気になるらしい。

「今日もご機嫌うるわしいご様子でなによりです」

皮肉なのか、本心なのか、例によって変わらぬ無表情のままさらりと続けられ、まあね、とルナは肩をすくめて返す。

と、牙軌が思い出したように口を開いた。

「そういえば…、少しよろしいですか？」

「どうした？」

首をかしげて怪訝に聞き返したルナに、牙軌がちらっとベッドの方を見て、あちらで、と隣の執務室の方にうながしてくる。

千弦に聞かれたくないこと、というわけではなく、千弦の朝の眠りを邪魔したくないのだろう。

「いや…、ここでいい」

と、ふいにベッドの中からくぐもった、うなるような声が聞こえ、千弦がのっそりと半身を起こした。あくびをして、軽く伸びをする。

おそろしく貴重な、一位様の寝起きの顔だ。明晰《めいせき》な頭脳と怜悧《れいり》な美貌も、今はさすがに茫洋《ぼうよう》としている。

それでも、夢うつつに牙軌たちの会話は届いていたらしい。

「昨日の…、軍の連絡会議のことだろう?」

少しかすれた声の千弦に、はい、とうなずきながら、牙軌がテキパキと水差しからグラスに半分ほど水を注いで千弦のところに運んでいく。

「軍の?」

聞き返しながら、いったん隣室へ行こうとしていた足を引きもどし、ルナはベッドの足下にあった一人掛けのソファに腰を下ろした。

「例の…、洗い出しを進めている密偵についての報告だ」

ああ、とルナはうなずいた。

「わかったのか?」

「いや、そう簡単ではない。疑わしい人物が何人か報告されたくらいだ」

水を一口飲んでから、そうルナに返した千弦の腰のあたりに、牙軌がそつなくクッションを当てている。かいがいしい男だ。

「容疑者か…。まあ、さすがにその全員を牢にぶちこんでおくわけにもいかないしねぇ」

喉で笑ったルナに、千弦があきれたようにため息をついた。

「暢気だな。今回の標的はおまえだぞ？」

「ペガサスが密偵ごときに簡単にやられたら問題だろう？」

そういえばそうだったか、と思い返しながら、おどけるように両手を広げてみせたルナに、千弦がピシャリと言った。

「おまえはその油断が命取りになりかねない。腹を壊したのだって、そういう油断だろうが」

「……いや、あれは不可抗力……」

もごもごと言い訳してみるが、じろりとにらんでくる千弦に聞く耳はなさそうだ。

そんな空気を落ち着かせるように、牙軌が淡々と口を開いた。

「そもそも、相手はルナ様の存在を疑うところからきていますからね。つまり、ルナ様の偽物を演じている馬がいる。そして翼をつけたり、移動させたり、それを補佐している人間がいる——と考えている。ただ王宮の人間はもちろん、みんなペガサスの存在を信じているわけですから、千弦様をはじめ、限られたごく一部の人間の秘密だと疑っているわけです。つまり狙いはルナ様であり、張りぼてのルナ様を動かしている人間」

まっすぐにルナに視線を向けてくる牙軌の言葉に、あー…、とルナはうめいた。

「なるほど…。つまり私か」

知らず苦笑した。ひとまわりして自分にもどってきている感じだ。

人前に姿を見せず、その存在を知る人間も少なく、そして千弦のそばにいる人間。そうでなくとも、「虚弓」は千弦の守護獣の世話係、という表向きを名乗ることさえある。

密偵からすると、いかにも、だろう。

「今、それが必死に探られている状態なんですよ」

牙軌が静かに言った。

「相手は人間だと思って、ルナ様…、虚弓に近づいてくる。密偵にしてみれば、ペガサスを仕留めるのは無理でも、虚弓は簡単に殺せると考えているはず。本気で殺す気で来られたら相応のケガは負いかねません」

「まぁね…」

そう理詰めで言われると、確かにその通りではある。

「おそらく…、遷宮の儀式に向けて、これからさらに動きが出てくる」

千弦がベッドから足を下ろしながら言った。すかさず牙軌が、その肩からローブを羽織らせる。

「だったら、捕まえやすくなるんじゃないのか？」

「動きがはっきりすればな」

ローブに腕を通し、立ち上がりながら千弦がさらりと言った。

そしてじっとルナを見つめてくる。

「その密偵の疑いのある人物の中に…、公荘の名が挙がってきている」

その言葉に、ルナは思わず目を見開いた。

「公荘？」

一呼吸、声が遅れる。

「なぜ…、あの男が？」

それでも平静を装ったまま、聞き返した。

なるほど、それで牙軌がルナに伝えておきたかったのか、と納得しながら。

「上官から怪しい動きがあるという報告が上がったらしいな」

そんな返事に、ルナは思わずソファに深く背中を預ける。

「上官って、騎兵隊の大隊長？　伏路とかいう男だっけ？　だったらそれは、多分に私怨《しえん》が入っているんじゃないかなぁ…」

そして素知らぬふりで確認してから、のんびりとした口調で言った。

せこい真似をする…、と、冷笑が口元に浮かぶ。

連絡会議ならば、各部隊の総司令官と文官のトップが顔をそろえる場だ。伏路がその報告を、上の騎兵隊総司令官に上げたということだろう。

「かもしれん。確執があると聞くからな」

あっさりと千弦が答える。

「確証があることじゃないんだろう？」

「確証があれば、すぐにでも捕らえている」

まともに返されて、まったくその通りではある。

「今は容疑者を挙げている段階だからな。どの人間にしても確証はない。名前が出た以上、公荘だけリストから外すこともできまい？」

「まあね…」

さすがに理論的に言われて、ルナもうなずくしかない。

「では…、その、疑う根拠は何だ？」

ちょっと眉をよせ、ルナは方向を変えて攻めてみる。

「命令を無視して勝手に動きまわっている、という報告だが…、それを別にしても、一つには時期の符号だな。もう一つは、小隊長レベルでの情報がもれている節があるということだが、それは範囲が広すぎる」

千弦がルナの方に歩いてきて、その正面のベッドの端に腰を下ろした。

「時期って？」

「都に転属になったのが半年前。ちょうど、神宮での事件の直後だ。その顚末《てんまつ》を探るために送りこまれたとも考えられる」

首をひねったルナに、千弦が表情を動かさないままに答える。

「いや、でも…」

ルナは無意識にちょっと笑った。

「公荘が都に帰ってきたのは蒼枇の口利きだろう？　公荘が密偵なら蒼枇が黒幕ということになる」

だから、あり得ないだろう、というつもりだったが、千弦はにこりともしないままにうなずいた。

「そうだな」

「……本気で蒼枇を疑っているのか？」

さすがにルナは驚いた。何と言っても、千弦にとっては実の叔父だ。

「どちらとも言えない。可能性の問題だ」

しかし冷然と千弦は口にした。

そのへんの相手が誰であろうと同等に見る公正さ、合理性はさすがに我が主、とも言える。一位様の面目躍如《めんもくやくじょ》だ。

「去年の事件を考えれば、あり得ないと一笑に付すことはできん」

ああ…、とルナも深いため息をもらした。

王弟による——そう、蒼枇の兄弟によるクーデター未遂事件だ。

確かに、蒼枇も絶対にその意図を持たないとは言えない。……が。

「でも何のために？　蒼枇が王になりたがっているとは思えないけどね」

前のクーデターでは、わかりやすく権力への執着があった。が、蒼枇に為政に対する興味があるとはとても思えない。

「そうだな。叔父上は国を動かしたいわけではないだろう。あの方の興味は動物に向いている。……つまり、おまえにだ」

まっすぐにルナを見て、千弦が言った。

「私？」

ルナは思わず瞬きする。

「おまえ自身が狙いだとしたら、あり得ることかもしれない。そうでもしなければ、叔父上といえども手は出せないからな」

……というと、ペガサスの人体実験……いや、馬体実験？

ふっと、鎖につながれた獅子の姿を思い出す。

いやいやいや、まさか。

内心に浮かんだ考えを、とっさにぶるぶると首を振って打ち消すが、なにせ、あの蒼枇だ。うっかりありそうでゾッとしない。いや、考えたくない。

「……可能性の問題だろう？」

「もちろん、そうだ」

小声でうかがったルナに、あっさりと千弦はうなずいた。

そういう可能性が、まったくないわけではない、ということにすぎない。

「貴瀬は…、どう言ってるんだ？」

とっさに別の可能性を探るように、思い出してルナは尋ねた。

近衛総司令官である貴瀬は、その会議にも出ていたはずだ。公莊の名が上がったことに、異議は唱えなかったのだろうか？

「明言はしていないな。調べてみるとは言っていたが」

そんな言葉に、ルナは小さく息をつく。

本気で友人を疑っているのか、あるいは、立場上、そう答えるしかない、ということなのか。

「そうか。……だったら私の方でも調べてみよう」

何気ない調子で言って立ち上がったルナを、千弦が何か言いたそうな目で眺めてくる。

あるいはこのところのルナと公莊との関係――関係というほどの関係はないが――を、どこからか耳にしているのかもしれない。

が、結局何も言わずにうなずいた。

「何かわかったら、早めに知らせてくれ。遷宮の儀式までもう日がない」

そう、もう五日後に迫っていた。

儀式自体は神宮庁の管轄なので、千弦の方で何か差配が必要なわけではなかったが、それと同時に五都持ちまわりの国際会議も月都で開かれるので、使節の受け入れ準備で王宮内も徐々にあわただしくなっていた。

わかった、とうなずいたルナは、部屋へもどろうとして、ちらっと牙軌の様子をうかがう。

ちょうど隣の執務室で朝の仕度をしているようだ。

それを確認してからおもむろにベッドに膝で乗り上がり、千弦のそばににじり寄る。内緒話をするみたいに、耳元でこそっと尋ねた。

「ちょっと疑問なんだけど…、牙軌はいつも千弦より先に起きてんの？」

「たいていな。それがどうかしたのか？」

千弦が怪訝そうに首を傾ける。

「起きるの、早すぎるだろ。恋人同士の朝だぞ？　ベッドでもう少しまったりしててもいいんじゃないのか？　何なら、朝に目覚めの一発をしたっていいくらいだぞ。普通の恋人同士ならね」

「そう……なのか？」

普通の恋人――と強調し、力説したルナに、千弦がちょっと考えこむ。

何というか、そのあたりが千弦の素直で可愛いところではある。他に並ぶ者なき秀才なのに、そういう知識が抜けていて。

「まあ、牙軌からは求められないことだろうからな。おまえから誘ってやれば喜ぶと思うよ」

親切面でそそのかしたルナに、わかった、とちょっと恥ずかしそうに千弦がうなずく。

よしよし。そのうち、おっぱじめるようなら乱入してやろう、と内心でほくほくしながら、いったんルナは自分の部屋にもどった。

そして、聞いた話を思い返す。

正直、まさか、とは思う。

実際に確証があるわけではなく、それにもし公荘の狙いがルナであれば、すでに何か行動を起こしていてもいいように思う。

仮に、公荘が蒼枇と手を組んでいるということなら、虚弓の正体がルナだということはすでにわかっているわけだし。

まあ、何にしても、狙いが自分であればこの二、三日で仕掛けてくるはずだ。

密偵を捕らえてみれば、すべてが明らかになることだった。

とはいえ、調べてみる、と言ったからには少し公荘の周辺を探ってみるか…、と思った。

周辺、と言っても、養父母はすでに亡くなっているようで、養子である公荘と親しい親類などもいそうな気はしない。おそらく一番近い人間は貴瀬か、あるいは配下の連中か、だろう。

何なら、公荘に疑いの目を向けたいらしい、あの伏路という男の可能性だってあるのだ。まあ、密偵としてはいささか能力に欠ける気もするが、……そう見せかけているという可能性も、それこそないわけではない。

公荘に会いに行く時、いつもは厩舎の方へ行くか、ネコたちに居場所を教えてもらうか、という感じだったが、この日、ルナは別のルートを通ってみた。

ふだんならあまり人に会わないように外回りをするのだが、あえて奥宮の中を抜けていったのだ。

奥宮の、王族が暮らしているあたりはやはりまったりと雅な空気で、行き交う侍従や侍女たちにしても洗練された物腰がある。中宮へ近づくにつれ、テキパキと奥向きの仕事を手配している女官たちの声も聞こえ、官吏たちの出入りも多くなる。そして近衛兵たちがあちこちで警護に立っている姿も目についた。

もちろん、それは回廊沿いの表の風景で、裏にまわれば下働きの者たちがもっといそがしく立ち働いているのだろう。

ちょうど中宮へと抜ける中庭へ出た時だった。

「虚弓殿」

ふいに耳に届いた声に、ハッと立ち止まる。

ちょっとあせった。王宮内でルナが声をかけられることはまず、ないのだ。

声の方を振り向くと、笑顔で貴瀬がこちらへ近づいてきた。

「先日は公莊のやつをこちらの用につきあわせてしまって、申し訳なかったですね」

園遊会の時だろう。

「いえ、別に私も特別な用があったわけではありませんので。……お役目、無事終えられて何よりでした。とても素晴らしい園遊会でしたね。夜の花火も美しかったですし、競馬の趣向もおもしろかったです」

どれだけの意味で貴瀬がそう言っているのかは量りかねたが、ルナも愛想よく返す。

「一位様にも、そうおっしゃっていただけましたか？　でしたら、光栄なことですが」

どうやら貴瀬の方も、ルナが千弦付きだということは確信しているらしい。

「ええ。さすがは貴瀬殿だと」

よかった、といかにもホッとしたように表情を緩めた貴瀬が、思いついたように誘ってきた。

「そうだ。これから昼食なのですが、ご一緒にいかがですか？」

「ええと…、でも」

ちらっと、ルナは貴瀬が来た方へと視線を走らせる。

そこには奥向きの女官らしい女が二人、貴瀬を待つように微笑みながらこちらを眺めていた。

例の婚約者ではあるまいか、と思う。二人のうちのどちらかはわからないが。

「ちょうど公莊も呼んであるので、急ぎのご用がなければぜひ」

「そう、ですか…。では、ご一緒させてもらおうかな」

ルナはいくぶんぎこちない笑みを返す。

公莊の周辺を探るにはいい機会だ。実際、貴瀬のことも少し調べてみようと思っていた。

とはいえ、連れが女性二人というのが少し気になるが。

貴瀬がルナを連れてもどると、二人の女官がおたがいに顔を見合わせるようにして、それでも丁重に腰を折って挨拶される。奥宮の女官だけあって、どちらも美しい。

見かけたような気もしたが、名前は知らなかった。

「正式な紹介は昼食の席でしましょう」

貴瀬のそんな言葉で、そのまま中宮の端にある中庭へと案内された。

こぢんまりとしていたが、小さな噴水や石壁の美しい庭だ。紅葉もちょうど時季で、視線を上げた木々も、足下も鮮やかな黄色に染まっている。

「まあ…、美しいお庭ですのね」

女性たちがはしゃいだ声を上げた。

その中央にすでにテーブルが用意されており、待っていた給仕の一人に、「席をもう一つ、構えてくれ」と貴瀬が指示を出す。

どうやら特別に、この庭に昼食の席を作らせたらしい。

考えつく貴瀬もすごいが、実行できるあたりがさすがに、近衛総司令官の威勢だ。

……公荘あたりなら、馬で山まで遠乗りに出た先で手弁当だな。

と、想像して、ルナはちらっと微笑む。それはそれで楽しそうだが。

ルナの参加でイレギュラーになってしまったが、素早くもう一つ小さなテーブルが運ばれてくると、合わせて長方形の大きなテーブルに作り替えられ、皿もセッティングし直される。

貴瀬と、そしてルナがイスを引いて、長い一辺の両端に女性二人を先にすわらせ、ルナはその間に挟まれた席をうながされた。

貴瀬が向かいの一席につき、あまった隣の一つが公荘の席になるようだ。

「仕方ないな。公荘がまだ来ないようなので、先にご紹介しましょう」

飲み物が配られたあと、貴瀬が口を開いた。

「とはいっても、同じ奥宮におられるのなら、虚弓殿とは顔を合わせたことくらいはおありじゃないかな？」

尋ねた貴瀬に、女性二人が首を振る。

「いいえ、残念ながら」

ルナの左側の女性が静かに言った。

女性としては背が高く、目鼻立ちのはっきりとした少しきつめの美人だった。二十五、六といったところか。結い上げた髪には、桔梗《ききょう》の簪《かんざし》を差している。

「こんなおきれいな方がおられたなんて、存じませんでしたわ。どこに隠れておられたのかしら」

そしてもう一人が、鈴を鳴らしたような声で少しおどけたように言う。

桔梗の女性よりは少し年下のようで、二十二、三だろうか。可憐な雰囲気の女性だった。結い上げた髪にも、小菊の簪がよく似合っている。男から見ると、守ってやりたくなるタイプというのだろうか。

ルナにしても、どちらも見かけたことがあるという程度だ。

「奥宮も広いですからね。私は一位様の側仕えですので、あまり表向きの仕事はしていませんし」

「ああ…、守護獣のお世話係だとか？　一位様はたくさん抱えておられるので大変でしょう。守護獣だと気も遣うでしょうし」

貴瀬の言葉に、まあ…、と小菊の女性が驚きの声をもらす。

「守護獣の？　すごいわ…。では、ペガサス様にも直にお会いになったことがおありですの？」

やはり興味はそこへ集中するらしい。

「お見かけしたくらいですよ。聖獣が王宮におられるのは特別な場合のみのようですから。私がお世話をしているのは、他の守護獣です」

「では、やはりふだんはいらっしゃらないのですね。私もお姿を拝したのは、今年の年始めの儀式の時くらいですが」

桔梗の女性も小さくため息をもらす。

「ええ、私も。ずっと遠くから、ほんの少しだけ。でも神々しいお姿でしたわ」

「私も似たようなものですよ。基本的に、一位様の前にしか降臨されませんから」

と内心で苦笑いしつつ、ルナもうなずいてやる。

「しかし、ペガサス様がいらっしゃるだけで近衛の長としては心強い。この御代にいらしてありがたいですよ」

貴瀬がゆったりと口にして、ふと不思議そうにルナを見た。

「そういえば、あなたがどうやって公莊と知り合ったのか気になるな。接点はなさそうだが」

そんな言葉に、ハハハ…、とルナは曖昧《あいまい》に笑うしかない。

「たまたまと言うしかないですね」

初対面は素っ裸だった、などとはさすがに言えない。

というか、公莊は親友に話していないのだろうか？

深くは追及せず、遅くなりましたがご紹介しましょう、と思い出したように貴瀬が続けた。

「こちらが桔梗《ききょう》殿」

と、ルナの左側の女性に視線を向ける。なるほど、簪は名に合わせているようだ。

「そして、こちらが琳花《りんか》殿です」

ルナはそれぞれに対して会釈で返す。

「虚弓と申します。お見知りおきを。……それで、どちらが貴瀬殿のご婚約者なのですか？」

尋ねたルナに、ご存じでしたか、と貴瀬が苦笑する。

「実は、それがまだ決まっていないんですよ。私は…、私たちは選ばれる立場でしてね」

のんびりと、しかし楽しげなそんな返事に、え？　とルナはちょっと目を見張る。

意味がわからない。というか、私――たち？

と、その時だった。

「――悪い。遅くなった」

いくぶんあわてたように庭に飛びこんで来たのは、公荘だ。

ルナの姿を正面にまともにとらえて、一瞬、その場で立ちすくんだ。

「おまえ…、どうして？」

そして、あせったように貴瀬に視線を移す。

「おい、貴瀬」

いつになく剣呑《けんのん》な雰囲気の公荘をいなすようにして、貴瀬はさらりと言った。

「まあ、すわれよ。なに、そこで虚弓殿と会ったので昼食に誘っただけだ。別にかまわんだろう？」

そんな友人の言葉に、公荘はいくぶん苦虫を嚙み潰すような顔をしたが、しぶしぶとイスに腰を下ろした。すかさず、少し離れて立っていた給仕がグラスに飲み物を注ぐ。

それを一気にあおってから、ちらっとルナを横目にしてきた。

とはいえ、正直、ルナには公荘が何を怒っているのかわからない。

「ちょうど俺たちの関係を説明していたところだ」

しかしそんな公荘の様子も気にせず、貴瀬が快活に話を続けた。

「こちらの二人に、それぞれ俺たちのどちらかを選んでもらうってな」

「え…？」

ルナは思わず絶句した。

――それぞれ？

「そんな、選ぶだなんて…」

琳花がちょっと困ったような声をもらす。

「おかしな話だと思われるでしょうけど、私たち、結婚したあとも今のお仕事を続けたいと願っていますの」

どこか決然とした様子で、桔梗が口を開いた。

「けれど、普通の殿方だと結婚したらやはり家に入ることを望まれるでしょう？　仕事を続けるなどとんでもないと。けれど、貴瀬様や公荘様はそういうことにこだわらないとうかがいましたの」

「まあ、おたがいに利害が一致したということかな」

貴瀬が運ばれてきた料理にうなずきながら、さらりと言った。

「いいかげんに結婚しろというまわりの圧力が大きくなってきたところでね。だが私としても、家で帰りを待たれるより、自由に仕事をしてもらっていた方が気楽でいい」

正直ルナは、あっけにとられたというより、あきれていた。

要するに、妻一人に縛られるのが嫌だということではないのか？

貴瀬は名門貴族の出のわりに、仕事のできるまともな男だと思っていたのだが。

つまり、ここまで独身だったのは、ひとえに自由でいたい、というワガママだろうか。この容姿ならわかる気もするが、意外と遊び人なんだな、と内心でうなる。

「桔梗殿と琳花殿、お二人がそういうお気持ちだというので、ここは公荘を道連れにしようとね。こいつもそろそろ身を固めていい頃だ」

な？　と同意を求める貴瀬に、まあな…、と公荘がうなずく。バレたからには仕方がない、といった、どこか開き直った様子だ。

ほう…、と、ルナは知らず据わった目で公荘を眺めてしまった。

無意識に握ったナイフに力がこもる。目の前に出された彩りも美しい料理に手をつけ始めていたが、少しばかりむしゃくしゃする気持ちで味がよくわからない。

「しかし…、貴瀬殿と公荘とではずいぶんと条件が違うような気がしますが？　お二人の間でケンカにならないんですか？」

無邪気なふりで、ルナは口を開く。

実際、貴瀬の妻となれば大貴族の奥方だ。名誉も金も手に入る。贅沢もし放題だろう。だが、公荘には金も地位もないわけだ。公荘に利点があるとすると、うるさい舅《しゅうと》、姑《しゅうとめ》がいないくらいだろうか。

どちらも本命は貴瀬のはずだった。貴瀬がどちらかを選ぶ、というのなら仕方がないと思えるが、女の方から選ぶとなると。

「あら…、公荘様はとても魅力的な方ですわ」

隣で小さく笑うように言った桔梗に、ルナはハッと視線を向ける。

なんだか胸騒ぎのような、落ち着かない気分になった。

もちろん人の趣味はそれぞれだし、家柄や地位で人を見ないのはいいことだと思う。

「まわりにいるのは神経質で頼りない文官ばかりですから、公荘様のような自分を持ったたくましい方に惹《ひ》かれますの。嫁いだあとも今の仕事を続けさせてもらえるのであれば、地位や名誉は自分の手で築けますもの」

なるほど、目指すは女官長――ということかもしれない。

実際に奥宮を取り仕切る女官長くらいになれば、そのへんの総司令官よりも影の権力はある。もちろん、報酬も高額だ。

「ええ、むしろ私が旦那様を出世させられるくらいになりたいですわ」

琳花もにっこりと笑う。

たくましいな…、とルナはちょっと感心してしまった。

それにしても、男どもの情けなさは…っ、と、怒りとともにため息をつきたくなる。

特に公莊は、だ。やり手の女官と結婚して、ヒモ生活でも満喫するつもりなのか？

「困ったな…、やっぱり公莊なんか引っ張りこむんじゃなかったか」

貴瀬がいかにも大げさに額を掻く。

「あら、もちろん貴瀬様も魅力的な殿方ですわ。ですから私たち、おたがいに迷っているんじゃありませんの」

琳花が情感たっぷりに言い、だったらおとなしく裁定を待ちましょう、という貴瀬の厳《おごそ》かな言葉に笑い声がこぼれる。

ルナも顔では笑ってみせたが、到底そんな気分ではない。

公莊はあまり会話には加わらず、食事に集中していた。……時折、ルナを気にする様子はあったが。

つまりこの食事会は、おたがいをもっとよく知ろう、ということで催されたものらしく、それにルナが混じってしまったわけだ。貴瀬の意図としては、友人からも話が聞けると人となりがわかっていいだろう、ということのようだったが。

あるいは貴瀬は、本当に公荘のことを心配しているのかもしれない。

つまり、身を固めれば公荘に対するまわりの評価も少しは違う。相手が高級女官であれば、うまくやったな、と言われるくらいだろう。

同じ独り身でも、結婚しようと思えばいつでもできる貴瀬と比べ、公荘の場合はおそらく、親身に結婚話を用意してくれるような親族はいない。名ばかりの貧乏貴族ではむこうから結婚話が舞いこむこともなく、気をまわしてくれるような上官もいないわけだ。女にしても、遊びならともかく、好んで縁づきたいとは思わないはずだった。

だが、本気で公荘は結婚を考えてるのか…?

食事の話題はそれぞれの仕事のことへ流れ、とりわけ公荘やルナが動物の扱いがうまい、という話で盛り上がった。

奥宮にいれば守護獣と遭遇する率も高く、やはり関心はあるのだろう。

「ごちそうさまでした。おいしかったですよ」

食事を終え、儀礼的に言って席を立ったルナに、女性二人が「お会いできてよかったです」と上品に微笑んでくる。

「では、いずれまた」

まっすぐに公荘を見て、唇だけの微笑みで、それだけを言ったルナに、公荘は、ああ、とうなずいただけだった。

説明を、聞きたかった。

もしかすると、あとを追ってきてくれるんじゃないかな、とずっと、奥宮へ入るまで期待していたが、結局それもない。

まっすぐに部屋にもどり、クソッ！　とルナは身体をたたきつけるようにベッドに倒れこんだ。

どうして……フラれたみたいな気分にならなきゃいけないんだ…っ。

と、思う。

しかし油断すると、涙がにじんできそうだった。

◇　◇

この日は結局、そのままぼんやりとベッドで過ごし、日が暮れ始めた頃、思い立って浴場へと足を向けた。

結局、からかわれていたということなのだろう、と思う。

あるいは「恋」と「結婚」とは別だと、割り切っているわけか。

……いいように振りまわされたわけだ。

聖獣ペガサスともあろう存在が。

そんな自嘲《じちょう》めいた思いが湧き上がってくる。

何となく、心の中でカラン…、と音がしているようだった。

きっちりと思い知らせてやるべきだったのだ。最初から。

こっちから――振ってやるつもりだったのに。

やっぱりそういう手管《てくだ》は人間の方が上なのかな…、とちょっと笑ってしまう。

どれだけ長く生きていても、恋愛経験が豊富なわけではない。

ぼんやりと一人で入りたかったのだが、どうやら浴場には先客がいた。

気持ちよさげに目を閉じ、両手――前足を縁にのせるようにして顎まで湯に浸かっている。

ルナの気配に、うん？　とのっそり顔を上げたのは――雪豹だ。

馴染みの顔で、いたのか、と気安く声をかけると、ルナは服を脱ぎ捨てて同じ浴槽へと身体を沈めた。

雪豹のイリヤとは昔馴染みで、宮中でも、この浴場でもよく顔を合わせている。ネコ科のくせに、なぜか風呂好きなのだ。

犬やリスくらいの小動物なら主がそのへんで水浴びさせたり、一緒に風呂に入れたりもできるのだろうが、さすがに豹くらいになるとまわりが怯えるので、イリヤもしょっちゅうここまで湯を使いに来ている。千弦もそれを許可していた。

イリヤの主である守善——七位様と呼ばれる千弦の異母弟だ——もよく一緒に来ていたが、今日は一人——一匹だけのようだ。

「守善はどうした？」

だから何の気なしに尋ねると、イリヤが顎を湯船の縁に引っ掛けたまま、ぶるるっ、と小さく身震いした。

『今夜は近衛隊の内輪の飲み会に顔を出すそうだ。私を連れてはいけないからな』

置いていかれて淋しいのか、少しばかりむっつりと答える。

まあ確かに雪豹連れでは目立ちすぎるし、イリヤも人混みの、しかも酔っ払いの中に交じるのは嫌だろう。やはりめずらしい守護獣だけに、ふだんは遠巻きにしていても酔っ払った勢いでどんなちょっかいを出してくるかもわからない。そしてイリヤの方からは、うかつに反撃もできないのだ。ほんの軽く振り払っただけでも大ケガを負わせる危険がある。

守善は近衛隊の小隊長でもあるので、やはり顔出しくらいの付き合いは必要なのだろう。

そういえば、この間の園遊会にも出席していた。が、やはりあの場にイリヤはいなかったと思う。

ああいう場では、近衛隊の小隊長という立場よりも、王族としての地位が優先されるので、本来、欠席しても問題はないはずだったが、あの園遊会は貴瀬の仕切りだった。

配下としてはやはり顔くらい出さないと、上官である貴瀬の立場がないだろう。

守善は「七位様」と呼ばれる皇子で、身分はもちろん高いわけだが、軍の階級で言えば、今のところさほどではない。軍属になる王族は多く、伝統的にもそのあたりの区別、けじめははっきりとされていた。

貴瀬からすれば、主家にあたる皇子で、部下でもある、という、なかなか複雑で扱いにくいところがありそうだが、守善自身はさばけた性格でもあり、うまくやっていそうだ。

まだ若く、剣の実力もある守善だから、このまま軍で経験を積み、実績を上げると、いずれは軍総帥の地位もあるだろう。長く守護獣のいない日陰の立場だったが、最近になってようやくこの雪豹の守護を得て、名実ともに国を支える存在になるはずだった。

まずは、今の貴瀬の次に、近衛隊総司令の地位に就く可能性は十分にある。

総司令ともなると、剣の腕だけでなく、軍内部、あるいは官僚たちとの駆け引きやら根回しやら、政治的な手腕も問われるわけで、おそらく守善はそのあたりが弱い。ただ皇子という身分はやはり強みだし、ブレーンをうまく集めることができれば問題はなさそうだ。

同じ小隊長でも、やはり公荘とは境遇に大きな差があるな…、とちらっと思った。

公荘の狡《ずる》さを責めることはできないのかもしれない。

ふと気づくと、大きく開いた窓の向こうで、すでに山の端に日は沈み、残照だけが赤々とあたりを照らしていた。月が天空に輝くのももうすぐだろう。

『おまえはどうして本体で入らないんだ？』

ふいに、イリヤが首をかしげて尋ねてくる。

人の姿をとれる守護獣でも、風呂とか睡眠とか、心身共に緊張がほぐれるような場合には、やはり本体でいることが多い。

「ああ、そうだな…」

そういえば最近、もとの姿にもどることがなかった。ふだんは、寝て起きるとたいていもどっているのだが、やはり腹具合が影響していたのかもしれない。

だがこのところ気にならなくなっていたし、今なら問題ないだろう。

ルナはふっ…と息を吸いこみ、目を閉じて、いつものように全身を大きく膨らませるイメージを広げてみる。

が、いつまでたっても馴染んだ感覚はやってこなかった。

「あれ…？　やっぱりもどれないな……」

自分の両手を見つめ、ぽつりとつぶやく。

『おい…、もどれないって』

イリヤの方があせったように、丸い目を瞬かせた。

『大丈夫なのか？　いつからだ？』

いつから……と聞かれると、いつだろう？　もうしばらく人間のままでいる気がする。

――そう、確か。

「あの月見の会の時、だな…」

ぼんやりと思い出す。

ペガサス姿で庭に不時着して、人間の姿になって。

考えてみれば、そのあとからもどれていない。もう二十日以上にもなる。

『原因はわかってるのか？』

「原因……」

正直、わからなかった。心当たりがない。

しかし、あの月見の夜と言われると——思い当たるのは、あの薬くらいだろうか。

公荘にもらった、腹の薬だ。そういえばあれ以来、公荘に会うたびに、飲め、とせっつかれて飲んでいた。いくつか数を渡されて、毎日飲んでおけ、とも言われていたので、思い出したら飲んでいる。

おかげで腹具合はすこぶるいい、——気がしていたのだが。

「いやー、もしかして、ヘンな薬飲まされたせいかも？」

腹の薬のはずだが、それにそういう……もとにもどれなくなるような？　副作用的なものがあるのだろうか。

しかし別段、それ以外に身体に不調はないのだ。

『うかつなもん、飲み食いしちゃダメだろ』

め、というように、イリヤが説教してくる。

確かにその通りなのだが、むしろたいていのものなら、悪くても腹を壊す程度ですんでいるので、そのあたりが無頓着になっているのだ。

「……っていうか、ほら、こないだの怪物のせいかもしれないし」

あわててルナは弁解した。

実際、得体の知れない怪物だっただけに、ルナの身体に影響が残っていたとして、どのくらいの潜伏期間で、どんな症状が出るのかなど、まったくわからない。

「ま、そのうち治るって」

『もうちょっと深刻になれ』

暢気に答えたルナに、イリヤが大きなため息をついた。

そうは言われても、人間の姿で特に大きな不便もないので、あまり深刻になれないのだ。

――とはいえ。

「まあ…、遷宮の儀式まではもどれるようになっておかないとまずいよね…」

そういえば、あと五日――だ。

そう思うと、にわかに不安になる。

『ペガサスは存在自体に意味がある。乱世ならいざ知らず、この平和な時代に必要な時にいないんじゃ、役立たずのタダ飯喰らいだぞ？　千弦様の愛情と信頼があればこそ、おまえだってこんなにお気楽に、毎日を暮らしていられるんだろうが。ちゃんと仕事しないと』

ポリポリと頭を掻いたルナを横目に、イリヤが厳しく指摘した。

「う…、わかってる」

まったく反論の余地はなく、ルナは首を縮める。

ペガサスは聖獣ではあるが、やはり守護獣なので主からの愛情、そして信頼関係は、命や寿命にも関わる。そこが揺らげばかなりの衰弱、命の危険までも覚悟しなければならないだろう。

もちろん、生まれた頃から兄弟同然に成長を見守ってきた千弦の、自分への愛情を疑ったことはなかったが。そう、牙軌に対するものとは違う意味で、だ。

少しばかり話を逸らせるように、ルナはちろっとイリヤの横顔を眺めて尋ねた。

「そういうおまえは、主には可愛がってもらっているのか?」

『まあ…、普通だ』

そんな問いに、ちょっと視線を逸らせ、ことさら素っ気ない様子でイリヤが返してくる。

いつもクールな雪豹だが、微妙にテレているらしい。

イリヤは主である守善に、守護獣という以上に愛してもらっている。それはもう、たっぷりと。そのおかげか、いつになく毛並みもつやつやしている。

イリヤにとって守善は、主であり、恋人なのだ。

とりわけ人の姿になれる守護獣であればそうした関係もめずらしいものではなく、主からの確かな愛情があれば、生涯を主に添えるほど、あるいはそれ以上にも寿命を延ばすことはできる。

イリヤなどはもともとの寿命が長く、これまでに主は何人かいたはずだが、もしかすると守善が最後の主になるのかもしれない。

だがルナは——自分でもどのくらいの時を生きるのかわからないのだ。

今でさえ、すでに千年以上の時を過ごしている。もっともその大半は眠っていたわけだが。

目が覚めて、ひさしぶりに人の世に出てみると、驚くほど風景が変わっていてびっくりするくらいだった。風景だけでなく、国境や政治的な勢力分布もがらりと変わっている。

長い生の合間に気に入った主を見つけ、その生涯に付き合ってやる。

かつての主に、守護獣という以上の想いを抱いたことがないわけではなかった。

だがどうしても、結局は一人、おいていかれることになるだ。

その別れに慣れることはなく、何百年眠ったとしても、その淋しさは消えない。多少、薄れることはあるにしても。

だからいつの間にか、無意識にも心をガードするようになっていたのだろう。

千弦のように赤ん坊の頃からの付き合いだと、むしろ年の離れた弟のように見ていられる。その成長や恋愛も、端から見ているポジションの方が楽しく、気楽だった。

まあそもそも、やんごとなきペガサスたる自分を恋愛的な意味で夢中にさせるような人間など、めったにいなかったわけだが。

——いない、はずだったけれど。

ルナはそっと、息を吐いた。

別に、たいしたことじゃない。何かダメージがあったわけではない。

自分にそう言い聞かせる。

——薬……？

しかしふいに、その考えが頭をよぎった。

ダメージ——自分への……ペガサスへの。

もとに、もどれない。

ペガサスへダメージを与えることを、今、望んでいる人間がいるのではなかったか？

ひやり、と心臓が冷えた。

――密偵が。

◇　　◇

どくん、と胸が大きく鳴った。

薬を盛り、ペガサスの姿にもどれなくなるようにする。

本当に……そんなことができるのか？

ふいに体温が下がるのを感じながら、じっとルナは考えこんだ。

もし、公莊がその使命を負った密偵だとすると、最初に出会ったあの時、すでにルナの正体を知っていたことになる。そのための薬――は常に持ち歩いていたとしても。

では、なぜ知っていたのか。

ルナの正体を知る人間はきわめて限られている。もちろん、それを探るために密偵が潜んでいるわけだろうが、それでもそうやすやすと突き止められるようなことではない。都にもどって半年ほどの公莊では無理だろう。

だとすると、やはり、蒼枇……なのか。蒼枇が一枚嚙んでいるのか。

蒼枇ならば、確かにそんな薬も作れそうに思える。少なくとも、実験的なものは。

千弦と話したように、蒼枇に国王の地位への野心などはないのだろう。ただ「ペガサス」に対する研究対象としての興味はあるはずだ。だがそれは、ルナが千弦の守護獣である以上、決して手に入ることはない。

その点で、公莊の利害と一致したのだろうか。

蒼枇は殺さずにペガサスを手に入れたい。公莊としては、とりあえず「ペガサス」の能力を奪えればよい、と。

ペガサスに限らず、守護獣は人に姿を変えている間、その能力——霊力のようなものは、ほとんど失っている。そもそも主と一緒でなければ、本来の動物以上の力というのは出しようがないのだが。

薬を飲ませ続け、十分に力を奪っておいてから捕獲、というつもりなのか。

密偵としては、最終的に今の月都の圧倒的な力を削《そ》ぐこと、政治力を弱めることに暗躍の目的がある。その象徴となるのがペガサスの失墜《しっつい》だ。

まだ捕獲されていないのは、薬の効き目がどれだけ出ているのか、彼らには確認できないということがあるのだろう。それに月都の国威を落とすことが目的であれば、例の遷宮の儀式で各国からの使節が集まる中、失態を演じさせることが一番効果的だ。

ならば、早々にルナを捕獲して、何らかの対策を千弦に講じさせる時間を与えるよりも、もっとギリギリになってから行動に移すつもりなのかもしれない。

考えを紡ぎ、ルナは思わず天を仰いだ。

……話は、合う。そう考えていけば、確かに。

だが、まさか…、と、ルナはそのバカげた考えを振り払おうとした。

いくら研究バカだとしても、王弟である蒼枇が国の守り神にも等しいペガサスを害そうと思うだろうか？

それに、公荘にしてもいったいどうして…？

やはり辺境へ飛ばされたことへの恨みなのか。そこをつけこまれ、懐柔されて、国を裏切ることにしたのか。

貴瀬の前では「親友」を演じながら？

考えられなかった。

だがルナが本体にもどれないことは事実であり、それが公荘と会ってからのことだというのも、また事実なのだ。

だとすれば。

ルナはそっと目を閉じた。

遷宮まであと五日だ。おそらくその直前に、何か仕掛けてくる。

その時に、すべてがはっきりとするはずだった。

「ねぇ、千弦…。私がペガサスにもどれなかったら、いらない子になるかなぁ…？」

儀式までには、と楽観視していたルナだったが、さすがに人為的な力が働いているとすると、そう簡単ではないかもしれない。

千弦には言っておかないとな、と思いながら、翌日の夜、ルナは頃合いを見計らって千弦の寝所を訪れた。

頃合い、というのは、もちろん、二人がベッドへ入ったくらい、だ。

本当は真っ最中の時を狙いたかったが、今日の話はいささか深刻なものだし、さすがに二人が毎日いたしているわけでもない。千弦の体力的に無理だろう。

だが今は、牙軌は常に同じ部屋で休んでいる。この奥宮の離れの部屋であれば、同じベッドで。

ちょうどベッドに入った千弦は、半身を起こしたまましつこく布団の中でも何かの書類をにらんでおり、他の用を終えてベッドに近づいた牙軌に、やんわりとそれを取り上げられようとしていた。

例のごとくノックもなく、いきなり乱入して千弦の脇に腰を下ろしたルナに、またか、と一瞬、不機嫌な目を向けた千弦だったが、ルナのそんな言葉に微妙にその表情を変える。

「何？」

訝しげにつぶやいたあと、いきなり、ゴン！　と拳でこめかみのあたりが殴られた。

「たっ…！」

千弦なのでそこまでの力ではなかったが、本気なのはわかる。かなり痛かった。

「バカか、おまえは。そんなわけないだろうが」

「あぁ…、うん。ごめん」

ピシャリとした言葉で、その剣幕にタジタジとなりながら、ルナはもぞもぞと枕を両腕に抱えこむ。

それでもやはり、じわり、と胸の奥が熱くなった。

千弦にしても、自分の手で誰かを殴るようなことは初めてだったのだろう。加減がわからなかったのか、ちょっと痛そうに手を振っている。

驚いたように二人の様子を見ていた牙軌が、素早く脇の台に置いてあった水差しからボウルに水を落とした。タオルを絞《しぼ》って千弦の手を包みこみ、じっくりと冷やす。

されるままに任せながら、千弦はじろりと険しい目でルナをにらんだ。

「別にその姿でも私の守護獣には違いないし、おまえが何だろうと、私の家族であり、友人には変わりがない。ずっといていいに決まってるだろう。……まあ、私と牙軌の邪魔をしなければだがな」

「ああ…、うん。そうだよね」

当然といった口調で言われて、ハハハ…、とルナは無意識に照れ笑いのようなものを浮かべていた。

ちょっと泣きたくなるくらいうれしかったが、結局、牙軌が一番かい、と思ったり。

そんなルナに短くため息をついて、確認するように千弦が尋ねてきた。

「本当にもどれないのか？」

「わからない。……まあ、原因がわからないからな」

他に心当たりがなく、公荘にもらった薬――を疑ってはいたが、はっきりしていることではない。

そう、あるいはその薬自体、蒼枇が渡しているのかもしれないが。

「もし遷宮の儀式の時にペガサスが現れなければ、おまえに恥を掻かせることになるな…」

ギュッと枕を抱きしめたまま、ルナは悄然《しょうぜん》とつぶやいた。

さすがにそれは責任を感じる。

「まあ…、それはどうとでも言い訳はする。一時的なことであればな」

ちょっと視線を落として考えていた千弦が、思いきったように顔を上げた。

「そして万が一、一時的なものでなければ、仕方がない。その時には政治的な調整をしていくだけだな。だいたい月都の歴史において、ペガサスがいることの方が少ないのだから、いなくなったからといってそれで国が滅亡するわけではない」

きっぱりと言った千弦を見つめ、ルナはちょっと息を呑んだ。

どこか晴れがましいような、誇らしいような感動を覚える。

千弦は強い。強くなった。牙軌がついてからは、さらに揺るぎなく。

「とにかく、今は自分の身の安全を考えろ。無茶をするな」

「はぁい」

少し気が楽になり、心配した千弦の言葉にルナは朗らかに答えた。

そして手にしていた枕をシーツに戻し、ぽんぽんと軽くはたいてから、パタッとそのまま横になる。

「ね、今日はひさしぶりに千弦と一緒に寝たいなぁ…」

上目遣いに可愛くお願いしてみた。

「ダメに決まってるだろう」

しかしそれを白い目で見下ろして、あっさりと千弦が答える。

「邪魔だ」

と、あまつさえ足で蹴り出されて。

「ケチっ」

無様な体勢でベッドから転げ落ちたルナは、ぷーっと口を膨らませて、床の上から恨みがましい目で主を見上げる。

せっかく長年にわたる血よりも濃い友情の絆《きずな》を確かめられる、いい雰囲気だったのにっ。

◇　◇

それから毎朝、目が覚めるたびに、ルナは真っ先に自分の状態を確かめたが、やはりもとのペガサスにもどっていることはなかった。

さすがに失望と不安で胃が痛い。

薬を飲むのはやめたが、あれからもルナはあえて公荘のところへは顔を出していた。

素知らぬふりで。今まで通りに。

もちろん、婚約者——候補の存在を知ったあとでは、たっぷりと嫌みを言うことは忘れなかったが。

「ま、私相手だと結婚はできないからね」

と、ルナの方でも気楽な、おたがいに刺激的な、いっときの楽しい関係を続けるには別に問題はない――、とそんな素振りで。

公荘の方も、特に言い訳をするつもりはないようだった。

バレたことで、それでもいくぶん後ろめたさがあるのか、どこかルナの様子を探る雰囲気ではあったが。

あるいは…、そう、婚約者以上に、自分の素性について気取られているのではないか、という不安があるのかもしれなかった。

「いいのか？　おまえはそれで？」

試すように聞かれ、ルナは鼻で笑ってやった。

「別に…、私がどうこう言うことではないだろう？　おまえの人生だ。……まあ、あの様子だと、未来の妻は夫の浮気には寛容そうだな。もっとも、向こうは向こうで楽しくやるつもりかもしれないけどね」

実際のところ、奥宮の女官であれば既婚者同士の大人のつきあいは多そうだ。男の方からしても、うっとうしく結婚を迫られることもなく、都合のいい関係かもしれない。

「ある意味、これで私も気楽に考えられるな」

意味ありげに微笑み、つまりキス以上の関係も、と含みを持たせる。

もちろん、公荘を油断させるためだ。まさか密偵などと疑ってもいない、と。

ただあれから、キスの味は少し変わったような気がした。

心も身体も冷めてしまって、心地よさも、浮き立つような思いもない。あせりや気恥ずかしさも。

握手と同じように、単に身体の一部を触れ合わせているに過ぎない。

その分、冷静で、技術的にはうまくなったかもしれないな、とちょっと皮肉に思う。

そして刻々と時間は過ぎ、ついに遷宮の儀式、当日になっていた。

ペガサス登場の演出についてては、一応千弦とも打ち合わせたが、ここまでくると正直、もとの姿にもどれる気がしなかった。

しばらく飲み続けた薬だ。効き目が切れるまでには時間もかかるのだろう。

蒼枇にしても、興味があるのは「虚弓」ではなく「ペガサス」のはずなので、あるいは捕獲されたあと、大きな鉄の檻《おり》に入れられ、首輪や足輪などもがっちりとはめられてから、解毒剤のようなものを与えられるのかもしれない。

さすがにこの日は、朝から王宮中に物々しく緊張した空気が流れていた。

準備は滞《とどこお》りなく進んでいるはずだったが、やはり直前になっての手違いは出てくる。担当の官吏たちや、仕度の侍女たちがバタバタと奥宮を出入りしていた。

各国からの使節を招き、王族たちも出席する儀式だけに、近衛隊や王宮警備隊はいつも以上に兵を出している。もちろん騎兵隊も、だ。

人馬ともに美しく着飾って式典に花を添える役目などに公荘が関わっているはずもないが、おそらく例によって、外まわりの警備などをのんびりと行っているのか。

あるいは――密偵であれば、この慌ただしさに乗じてこっそりと奥宮に侵入し、ルナを探しているのだろうか。

公莊がどう出るのか。

それを確かめるつもりだった。

疑惑については検討もしていたので、もし儀式が終わってもルナの姿が見えなければ、千弦が蒼枇の館を捜索してくれるはずだ。

とりあえず、ルナは新しく建て直された東の神殿へと向かうことにした。

王宮の敷地内でもっとも東の端に位置しており、神殿やそれに付属する神官たちの宿舎などをのぞけば、あたりには森や林しかない淋しい場所だ。

そもそも神宮庁の役割の一つに季候や天候の予想があり、空の観測が不可欠なので、他からは離れたところに建っている。

もっとも今日ばかりは、客人をはじめ、主だった王族たちも集まっているはずだった。

まだ儀式までにはしばらく時間があるだろうか。

遷宮というのは、そもそも現在の西の神殿からこちらの東の神殿に「ご神体」を移す儀式だ。神官たちが行列となり、しめやかに移動する神事である。

その行列がこちらに到着するのを待って、華やかな式典が始まるのだ。

公莊がルナを襲う狙い目としては、やはりこの奥宮を出て、東の神殿へ向かう間だろうな…、と推測する。そのあたりが一番、人目がない。馬があれば、さらって連れ去るのもたやすい。

どこか途中に潜んで、待ち伏せているのか……？

「虚弓様」

そんなことを真剣に考えていると、ふいに背中から女性の声が聞こえて、ビク…ッ、とルナは飛び上がりそうになった。

振り返ると、女官が二人、やわらかに微笑んで立っている。

例の、公荘と貴瀬の婚約者たちだ。桔梗と琳花、といったか。

二人も式典での役目を負っているのか、あるいは客人のもてなしなどの役目があるのか、そろいの衣装を身にまとっていた。きりっと髪を結い上げて、艶《あで》やかな姿だ。

「神殿へ行かれるのでしたら、ご一緒してよろしいでしょうか？」

桔梗が丁寧に尋ねてくる。

あー…、と愛想笑いを貼りつけたまま、ルナはちょっと迷った。

さすがに公荘も、婚約者候補が一緒にいては襲いにくいのではないか、と思ったのだ。

しかし、一緒だとむしろ声をかけやすいだろうか？

そんなふうにも思い直す。

合流してから、さりげなく二人を先に行かせるとか、何かの理由をつけて別れて、ルナと二人きりになるのは、あの男なら簡単そうだ。

「ええ、喜んで」

結局、ルナはうなずいて答える。

「それで…、お二人はどちらの男を選ぶのか、もう決めたのですか？」

先導するように、二人の間に立って半歩先を歩きながら、ルナは口を開いた。

明るく快活に。友人として、いかにも下世話な興味がある、というふうに。

正直、一緒に行くことにしたのは、それが聞きたかったからでもあった。聞いてどうする、というつもりはなかったけれど。

それに、二人がそっと顔を見合わせる。

「まだ迷っているところですの。どちらも魅力的な方ですし」

琳花が両手を合わせて困ったように微笑む。そしてちらっと、桔梗を見上げた。

「私は…、お姉様に決めていただけたらと思うのですけど」

どうやら琳花は、桔梗のことを「お姉様」と呼んでいるらしい。

「そうねえ…、琳花の性格なら多分、お優しそうな貴瀬様の方がお仕えしやすいとは思うのだけど。公荘様だとちょっと…、お強すぎて琳花を壊してしまいそうで恐いのよ」

聞きようによっては明け透けなそんな言葉に、まあ…、と琳花が少し恥じらうように顔を赤くする。

「では、お姉様は公荘様のようにたくましい方がお好きなのね？」

少しばかりなじるような琳花の言葉に、当たり障りのない笑みを浮かべたまま、ルナは胸の奥がチクリと痛むのを覚える。

では、公荘の妻になるのは桔梗の方か……。

「そうね、でも意外と貴瀬様も武勇には優れていらっしゃるから。ただ貴瀬様なら優しくリードしてくれそうですけど、公荘様は…、こう、野獣になってくれそうな印象がありますし」

「あら、だったら大変だわ。お姉様も女豹《めひょう》なのに、ベッドの上が野生の草原になってしまうわっ」

琳花が大げさな声を上げ、「嫌な子ね」と桔梗がちらりとにらんでころころ笑う。

遠慮のなさ過ぎるガールズトークに、ルナはちょっと赤面してしまった。すごいな、最近の女官は…、となかば感心する。

「ええと…、お二人はとても仲がいいのですね」

思わず咳払いして、ようやくそんな言葉を押し出した。

「ええ、とても」

琳花がうれしそうににっこりと笑う。

「虚弓様は一位様の守護獣のお世話係だそうですけど…、今日はペガサス様のお姿も見られるとか。お支度を手伝われるんじゃありませんの？」

と、桔梗が話を変えるように尋ねてきた。

「さあ…、特にお支度が必要なことはないと思いますが。ペガサス様はいつもご自身の意向で動かれますから、今日ももしかすると、気まぐれでおいでにならないかもしれませんよ」

ルナは無意識に予防線を張りつつ、曖昧にごまかす。

ちょうど奥宮から中宮を抜けたあたりだった。

「そうですの…」

何か考えるようにつぶやいた桔梗が、琳花とちらりと視線を合わせた。

何だ？　と思った時、ふいに桔梗が足を止める。

「あ、こちらですわ。女官たちには馬車の用意がありますの」

さらりとした口調で一方へうながされ、ああ、とルナもそちらへ向き直った。

敷地の端にある神殿までは相当な距離がある。当然、馬か馬車を使うことが普通だろう。

「ああ、でもせっかくの機会ですもの。やっぱりペガサス様にはお会いしたいわ…」

何かの建物の角を曲がりながら、琳花が無邪気な声を上げる。

と思った次の瞬間、いきなりぐいっと、すべての体重をかけるような勢いでルナの右腕にしがみついてきた。

「ねえ、虚弓様、お願いですわ！」

「あ…、えっ？」

じっと見上げてくる光る眼差し。蠱惑的《こわくてき》な笑み。

単に甘えているというにはあまりにも強い力で、ルナはあせった。混乱してしまう。

「ええ、わたくしからも」

しかし反射的に振りほどこうとすると、いきなり反対側から桔梗がルナの手首をつかみ、そのまま壁に押さえこむ。

「お願いしますわ」

にっこりと笑った次の瞬間、両手を封じられ、無防備にされたルナの鳩尾《みぞおち》に、強烈な桔梗の拳がえぐるようにめりこんだ。

「ぐぅ…っ」

我ながら情けないうめき声が唇からこぼれる。

――女豹か…。勘弁してくれよ……。

意識が消える寸前、そんな思いが頭をかすめた――。


ぼぉん…、と頭の芯が鈍く痛んだ。

「ん……」

無意識に身じろぎしてようやく薄く目を開くと、見覚えのない天井がぼんやりとルナの視界に映る。

――どこだ…？　何が……？

考えようとすると、ジン…、と頭が痺《しび》れた。

それでも何とかあたりを見まわしてみる。

どこかの納屋……か何かだろうか？　板張りの粗末な小屋のようだ。

身を起こそうとしたが、身体が重く、まともに動かせない。と思ったら、両腕がきつく後ろ手に縛られていた。

「え…？」

反射的に引き剝がそうとしたが、とても緩みそうにない。

ハァ…、とため息をついて、ぼんやりとした記憶をたどる。

──そうだ。あの婚約者たちに……。

あっさりと手玉にとられた感じだった。

思い出すとひどく情けなく、そして腹立たしい気持ちに襲われる。

だが……どういうことだろう？

公莊が婚約者まで巻きこんだのか？　だとすると、貴瀬も仲間だということだろうか？

だが、なぜ貴瀬が？　あの男なら、今の境遇に不満があるようには思えない。

もう何が何だかわからなかったが、ともあれ、ここを脱出するのが先決だった。

あれからどのくらい時間がたったのだろう？　儀式はどのくらい進んでいるのか。

あせるような思いで、小屋の中にざっくりと置かれている農作業の道具や木箱を眺める。しかしいかにもほこりっぽく、どうやらあまり人の出入りは期待できない。

もちろんそうだろう。そんな人通りのあるところに監禁などするはずもない。

──野良ネコ──っ！　通りがかれっ！　この際、野良ネズミでもいいいっ。

思わず内心でわめいてみるが、そんな動物の気配も感じられない。

ルナはがっくりと肩を落とした。

しかし考えてみれば、今の自分では脱出して駆けつけたとしても、ペガサスとしての役目を果たすことはできないのだ。

バカだな…、と自嘲した。

あんな男に簡単に引っかかった自分が、バカなのだ。

まったく、千年も生きてる甲斐《かい》がない……。

あきらめて、ぐったりとルナは身体の力を抜いた。

このまま蒼枇に引き渡されることになるのだろうか。そうすれば、千弦たちが探しにきてくれる可能性はある。

それにしても、また王族の謀反となると、王家の威信が問われることになる。誰の責任、ということではないにしても、やはり千弦の能力は疑問視されるのではないか、という気がした。

実際、数年前から国がひっくり返りかねない大きな事件が立て続けに起こっているのだ。

自分が——ペガサスが守る御代において、だ。

御代という意味では、まだ正式には千弦の治世ではなかったが、実質的にはほぼそうなっている。

ペガサスが守っている意味があるのか…？

と、我ながら疑問だった。

もちろん、ペガサスがいたからこそ、これまでの謀反は未遂で終わったのだ、という解釈もできないわけではない。が、それも今日の神事をすっぽかしたとなると、さすがにいろいろと苦しくなるだろう。

それこそ、ペガサスがこの儀式に姿を見せるのは、これまでの厄《やく》払いという意味もあるのだ。

このままでは本当に、千弦の能力ではペガサスを使いこなせていないのではないか、とか、口さがない噂が出てきそうだった。

そんな事態だけは避けたいのに。

ペガサスのくせに……本当に役立たずだな……。

絶望的な気分で泣きそうになる。

——くそ…っ。助かったあとは、婚約者ともどもギタギタにしてやるからなっ！

それでも必死に自分を奮い立たせるようにして、ルナは何度目かの復讐を誓った。

それとも、ペガサスが儀式に出るのを阻止するという目的を果たし、公莊はすでに姿を消しているだろうか……。

とすれば、もう二度と会うことはないのか。

ぼんやりとそんなことを考えた時だった。

「——虚弓！　いるのかっ？」

破れるような勢いでドアが開いたかと思うと、男が飛びこんでくる。

一瞬、影になって顔は見えなかったが、……声は覚えがあった。

どくっ、と心臓が大きく波打つ。なんで？　と頭の中に疑問が溢れる。

戸口で立ちすくんだ公莊が、床に転がされていたルナの姿に一瞬、大きく目を見開き、……そして、安堵《あんど》したように肩で大きな息をついた。

「生きていたか……」

「おまえ…、どうして……？」

そんな様子に少しばかり混乱し、ルナはわずかに目をすがめて胡散臭く見上げる。

いったん背後を確認してドアを閉じた男が、のっそりと近づいてきた。床に転がったルナの全身を眺めまわし、興味深げに顎を撫でる。

「……なるほど。こんなふうに縛られている姿というのもなかなかそそるな。最初に会った時と同じくらい魅力的だ」

最初に会った時——というと、全裸の時だ。

「ヘンタイが…」

額に皺を寄せ、思わず吐き捨てたルナに、男が吐息とともに低く笑った。

そしてスッと腰を落として床に膝をつく。体重を乗せられ、みしり、と古い板の軋む音が耳を突き刺した。

男の指がルナの頬に触れ、一瞬、ビクッとしたが力強い腕でルナの身体を起こしてくれる。

「殺しに……来たのか？」

男の顔を真正面に見て、ルナはそっと、いくぶんかすれた声で尋ねた。

考えてみれば、密偵が蒼枇と組んでいたとして、本当にルナを蒼枇に引き渡す必要はないのだ。後腐れなく殺して、そのまま姿を消せばいい。それだけのことだった。

蒼枇を利用し、婚約者たちを利用して。自分は安全な国へ移って名誉か金か、好きなだけ手にすることができるのだ。

「なぜ？」

どこかおもしろそうに公莊が聞いてきた。

「おまえが密偵なのだろう？　どこの国のかは知らんが」

ほう？　とわずかに眉を上げて、男が小さくつぶやいた。

「なぜそう思う？」

「そうだとすれば、いろいろとつじつまが合う」

「……だろうな」

まっすぐに返したルナの言葉に、公荘が小さく笑った。

「否定しないのか？」

思わずギュッと、胸がつまるような思いでルナは聞き返す。

「そう思われても無理はない。おまえが疑っていたのは気づいていたし、まあ…、あえてそのままにしていたしな」

さらりと答えられて、……え？　と、ルナは一瞬、頭が真っ白になる。

――どういう意味だ……？

呆然としている間に、身体が引きよせられ、わざわざ前から抱きかかえるような形で両腕が後ろにまわされて、縛られていた縄《なわ》が解かれた。

さすがにほっと、強ばっていた身体から力が抜ける。

そして次の瞬間、そのまま強く抱きしめられていた。

「く…じょう……？」

驚いたのと、息苦しいのと、しかしその腕の強さと温もりに、身体の奥から何かがこみ上げてくる

のがわかる。

無意識に伸びた指が、男の背中を引きよせた。すりよせるように、頬を男の肩に埋めてみる。男の体温が全身に沁みこんでくるようで、ホッと安心した。

「おまえ……？」

しかし正直、状況がまったくわからない。

混乱したままのルナに小さく笑い、公荘がふいに、解けて膝にわだかまるように落ちていた縄を持ち上げると、再び後ろで結び直した。

「……え？　えええっ、なんで…っ？」

本当に意味がわからず、ルナは声を上げる。

それをなだめるように、しーっ、と公荘が言い聞かせた。

「女がもどってくる。油断させるためだ。緩くしか結んでいない」

言われて、確かにさっきと比べると痛くもないし、かなり余裕がある。

と、ふいにドアの向こうから、みゃあ、と小さなネコの鳴き声が聞こえた。

ハッとしたように腰を浮かせた公荘が、足音を殺して素早く小屋の隅に移動する。立てかけてあった板のうしろにさっと身体を隠した。

ドアのすぐ右側。ルナからはほとんど正面に見えるが、ドアから入ると死角だろう。

「うわぁ…、子ネコっ」

「可愛いわね」

ドアの向こうで無邪気な——あんなことをしてくれたわりに——女たちの声がして、無造作にドアが開く。

「あら、お目覚めかしら」

微笑んだ桔梗の足下で、二、三匹のネコがちょろちょろしていた。琳花が一匹を抱き上げようとしていたが、ネコは嫌がって逃げていく。

公荘のところのネコだろうか。もしかするとあのネコたちが……ルナのいるところを見つけて、公荘をここまで案内してきたのか。

ルナのかまっていたネコたちだ。公荘もネコたちの様子を察したのかもしれない。

「おまえたち…、何のつもりだ？」

ルナは視線を桔梗にもどし、低い声で尋ねた。ことさら怯えているような素振りで。

「言ったでしょ、虚弓様。私たち、ペガサス様のことが知りたいの」

あとから入ってきた琳花が可愛い顔に似合わず、どこかふてぶてしく尋ねてくる。

「そろそろ教えてくれるかしら、ペガサス様の秘密を」

ゆっくりと近づいてきた桔梗が、腕を組んでルナの前に立ちはだかった。

「秘密なんてないよ。みんなが知ってる通りのことしか」

肩をすくめて返したルナの頬が、間髪を入れずピシャリと打たれる。

「生意気な口、きかないで！」

——女豹様、コワイ……。

ちょっと涙目になりそうだ。

こっそりと公荘の方を横目にすると、男は目を丸くしてこちらを見ている。妙に楽しそうだ。

こっちは殴られているというのにっ。

「ペガサス様が本当にいるのなら、今いるところを教えてほしいわね？　でも、もしかしたらあなたが――」

そんな桔梗の言葉に、ひょっとしてバレてるのか…？　と一瞬、背筋がひやりとした。

「ペガサス様を作り出してるんじゃないのかしら？　よく公荘のところの白毛の馬に乗っていると聞いたわよ？」

――惜しいなっ。

続いた言葉に、ルナはホッと息をつく。

「何にしても、今回ではっきりするわね。このままあなたが儀式に出られなければ、きっとペガサス様も現れない。それが証明になるから」

それはどうかな、と内心で琳花の言葉につっこみながらも、ルナは確認した。

「おまえたちが……、密偵だったんだな？」

「少し違うわね」

それに桔梗が鼻で笑う。

「私たちはもともと月都の人間だし、もともと奥宮で務める女官だった。ただ…、提案を受けただけよ。私たちが幸せに生きるためのね」

「提案?」

ルナは首をかしげる。

「琳花。いらっしゃい」

そんなルナの前で、桔梗がもう一人を近くへ呼び寄せる。

そして細く長い指が女の顎にかかったかと思うと――目の前で女二人が濃厚なキスを交わしていた。

あまりに予想外の光景を、瞬きもできずにルナは見つめてしまう。

――えーと……?

「私たち、ずっと愛し合っていたのだけど、おたがいに両親が許してくれなくてね。これまで何度も強引に結婚話を進められたの。もう国を捨てて二人で逃げるしかないと思っていた時に…、この仕事を持ちかけられたのよ」

ほうけた顔のルナを見下ろし、桔梗が艶然《えんぜん》と微笑みながら言った。それに琳花が続ける。

「ええ。今度の儀式の時にあなたの…、ペガサスの正体を暴き、足止めすることができれば、私たち二人をそちらの国に迎え入れてくれると。生活も保障してくれるってね。だから私たち、貴瀬様に近づいたのよ。貴瀬様なら内情にくわしいし…、そしたら案の定、公荘様の友人に一位様の世話係がいるという話を教えてもらったの。しかも、ふだんは身分を隠して動いている人だというでしょう?もう間違いないと思ったわ」

いや、ちょこちょこ間違ってるけどね。

内心でルナはつっこむ。

だがそういう流れで、期せずして正しい意味で足止めできたわけだと納得する。

……しかし、あれ？　と、何かが引っかかった。

だとすると……どうして自分はもとの姿にもどれないんだろう？

ルナにとっては根本的な問題が解決されていない。

それにしても、……まあ、されたことはされたこととして、少し同情を覚えてしまった。

この国では、男が男の愛人を持つことにさほどうるさくは言われない。愛人であれば。

だが女性は…、やはり嫁いできちんと子孫を残すことが圧力になっているのだ。

しかしその時、ふいに別の男の声が響いた。

「その仕事を持ちかけたヤツの名前を教えてもらおうか」

「——えっ？」

「だ、誰…っ!?」

さすがに飛び上がるような勢いで、女たちがうろたえる。

そしてのっそりと姿を見せた公荘に大きく目を見開いた。

「ど…どうしてあなたが…っ!?　——ああっ、ダメっ、琳花っ！」

悲鳴のような声を上げた桔梗が、手近にいた琳花に腕を伸ばそうとした公荘から、とっさに琳花をかばうみたいにして前へ飛び出した。

と同時に、懐から短剣をつかみ出して公荘と対峙《たいじ》する。

「女相手に手荒な真似はしたくなかったんだがな…」

わずかに目をすがめ、公荘がつぶやいた。

確かに、どう考えても相手にはならないだろう。

「お姉様…っ！」

顔色を変えた琳花が、ハッと気づいたようにルナを見た。

そして次の瞬間、しゃがみこむと同時に足首に仕込んでいたらしい小柄《こづか》を抜き、ルナの首筋に押し当てる。

「動かないでっ！　手を出したらこの男が死ぬわよっ！」

必死の形相で叫ぶ。

そのかばい合う姿は美しいのだが。

公荘がちょっと眉をよせ、うかがうようにルナを見た。

「いや…、さすがにわかってたら油断はしないよ」

小さなため息とともに、緩んでいた縄を一気に落とす。と同時に、女の小柄を握っていた手首をがっちりとつかんだ。

「なんでっ？　――や…っ！　離して！」

琳花が暴れながら叫んだが、ルナはじりじりとその手を引き剥がし、わずかに相手が力負けした一瞬に、身体ごと床へ押し倒して刃物をもぎ取る。

「琳花っ！　――あぁっ！」

そして公荘の方も一瞬でケリをつけたらしく、ルナが顔を上げた時には短剣は床へ落ち、女の身体は床へ膝をつかされていた。

公荘が短く息をつき、おい！　といきなり声を張り上げる。

なんだ？　と思ったら、ふいにドアが開いて、その向こうに五、六人、険しい顔つきの兵士たちが立っていた。

「終わったようだな」

その中から進み出た一人が中へ入り、あたりを見まわしてうなずく。貴瀬だった。

「どうして…？」

目を見開いた桔梗が呆然とつぶやく。

「逆だったな」

短く公荘が言った。

「逆…？」

「密偵の洗い出しをしていた貴瀬が、最初にあんたらに目をつけて近づいた。そして証拠をつかむために罠にかけたんだ」

「罠…？　じゃあ、この男は…!?」

桔梗がハッとルナを振り返る。

ルナの方も、すでに抵抗する気を失ったらしい琳花をそのままに、床の小柄だけ遠くへ蹴りやって立ち上がっていた。

「普通に守護獣の世話係だろう？　それに月都の人間なら、きっちりとペガサス様の存在は信じないとねえ」

貴瀬が朗らかに言う。

——ていうか、……罠？

初耳だ。

ルナは思わず、じっとりと公荘の顔を見る。

——罠、だと？　勝手に？　人を餌にしたわけか？

口ほどにものを言ったらしいルナの険しい眼差しに、いささか体裁が悪いように公荘が視線を逸らした。

「まあ、いい家に生まれたあんたたちの動機だけが、今の今までわからなかったがね…」

そして話を逸らせるみたいにそう口にして、どことなく淋しげに苦笑する。

罪を犯した二人。でも。

ルナも二人を眺め、そっとため息をついた。

「別に、月都でも君たちは幸せに暮らせたと思うよ？　ちゃんと千弦…、一位様に相談してればね」

大切な儀式の日だ。

騒ぎにならないように配慮しなければならず、貴瀬が連れてきた兵士は最低限だった。

これから二人を取り調べ、黒幕——というのか、二人に「仕事」をさせた人間の名前を吐かせなければならない。

「公荘、手伝え」

とらえた二人を引き立てて行きながら、当然のように貴瀬が顎を振る。

さすがにやり手で、なかなかに人使いも荒いようだ。

「すぐ行く」

と、そちらに答え、小屋の前で公荘はルナに向き直った。

「悪かった。貴瀬の指示であんたにも何も言えなくてな」

「……別に」

そんな公荘の言葉に、ルナはふん、とそっぽを向く。

妙に拗ねるような気分だった。

「あんたと会う前から、貴瀬に言われて密偵についてはは探っていてな。なにしろあんな格好で現れてくれたんだ。むしろ最初は、俺があんたを密偵かと疑ってもみたが…、まあ、意外と単純だったからこれは違うな、と」

——単純？　単純っ!?

この高度な知的生命体に対して、無礼にもほどがあるっっ！

思わずルナは男をにらみつける。

ようやく目が合って、公荘がちょっと困ったように笑った。

いつにない弱気なそんな表情に、ふいに胸がざわめく。

「だがあんなところに裸でいたということの説明に、一番合いそうな答えに気づいた」

その言葉にドキッとした。

じっとルナの目を見つめたまま言葉を続けながら、ゆっくりと男の顔が近づいてくる。ささやくような声。

「もしかすると、あんたは一位様の……守護獣なんじゃないかと」

ルナは思わず息を詰めた。まさか、と、心臓が止まりそうになる。

「……ネコ、なんじゃないのか？」

しかし次に言われた言葉に、ルナは瞬間、目を見張った。発作的に笑い出しそうになる。

とっさに口元を片手で覆ってうつむいた。

そう、確かにそうかもしれない。高貴なるペガサスが人間の姿でうろちょろしているなどとは、とても考えられないのだろう。

そうでなくともルナはネコまみれで遊んでいたわけだし、同類だと思われたのか。

「どうかな？」

必死に笑いを噛み殺してようやく顔を上げ、とぼけるようにルナは言った。

「謎は順に解いていけば？」

「そうだな。これからたっぷりと時間はある」

公荘がゆっくりとうなずく。

そして、その目が何かを求めるように熱く、ルナを見つめてきた。

小さく息を吐き、ルナは吸いこまれるように目を閉じる。

甘いキスの予感に、胸の奥で何かが羽ばたく。

が、その時だった。

「――公荘！」

後ろから大きな声で呼びかけられ、ビクッとルナは目を開けてしまった。

吐息が触れるほど間近に男の顔があり、わっ、と思わず身を引いてしまう。

チッ、と公荘が舌打ちした。

「いいところで邪魔してくれる……」

頭を掻きながら低くうなるように言って、背後を振りかえる。

騎乗した姿で現れたのは、蒼枇だった。

「どうしたんです？」

少しばかり不機嫌そうに尋ねる。

すぐそばまで馬で乗りつけた蒼枇が、手綱を引いて足を止め、ルナたちを見比べた。

「……ああ、いや、虚弓に用があるんだ。公荘、貴瀬が呼んでいたよ」

そんな言葉に、やれやれ…、というように公荘が首を撫でる。

「またな」

ちらっとルナを見て短く言うと、少し離れてつないでいた自分の馬の方へと向かった。

その姿が消えるのを待って、蒼枇がルナに向き直る。

「あなたは今日は大事な仕事があるはずじゃないのかな？」

静かに言われ、ルナはとまどった。というより、困った。

「すぐに行きなさい」

うながされ、ルナは仕方なく首を振る。

そういえば、蒼枇には自分の変化は話していなかったかと思い出した。疑うばかりで。

「いや…、でも、今の私が行ったところで……」

「多分、大丈夫だから。……さあ、これを飲んで」

口の中でぼそぼそとうめいたルナに、蒼枇が懐から小さな瓶《びん》を取り出した。しっかりとこぼれないように縛っていた紐を解いて、コルクの蓋をとってからルナに渡す。

緑色の濁《にご》った液体だ。いかにも得体が知れない。

「これ…？」

意味がわからずうかがうように見上げたルナに、蒼枇がうなずいた。

「千弦から聞いたよ。さあ」

ということは、それこそ解毒剤のようなものなのか？

しかし、蒼枇が関わっていないとしたら、なぜこんなものを持っているのかもわからない。

が、今はそんなことを考えている時間はなかった。

ええいっ、と賭《か》けるような思いで、ルナは一気にその薬を喉に落としこむ。

――にがっっ！

舌がひん曲がり、また腹を壊しそうな気がした。

「うぇぇぇ…」

舌を突き出した変顔でうめいたルナに、蒼枇が尋ねてくる。

「どうかな？　もとにもどれそう？」

聞かれて、げほっ、と咳を一つしてから、おそるおそる身体に力をこめてみる。

目を閉じ、大きく背中の翼を広げるようにイメージして。

――と。

ふいに馴染んだ感覚が身体の奥から湧き上がってくるのがわかった。

え？　と思った時には、するり、と殻《から》を抜け出すみたいに翼が背中から生え、身体がいっぱいに大きく膨らんで。

次の瞬間、ルナは大地を蹴って高く飛び立った――。

◇　◇

千弦の顔を潰すことなく、厳かに遷宮の儀式は終了した。

新しく建て直した神殿の塔のまわりを何度か旋回し、初めて他国の人間の前に姿を見せたのだ。

もちろん触れられるほど近くではないし、彼らの前に降り立ったわけでもない。

が、やはり圧倒的なオーラというのか。

その神々しい力の前に、彼らも「本物」を信じるしかなかった。——らしい。多分。

実際、そのあとの歓迎の宴などでも、ペガサスの姿を直に見た興奮を語っていたようだ。

まったくのところ、権威のための偶像に過ぎない役割だが、役に立てればなによりだ。

それも無事に終わり、人の姿にもどって——ではない、人に姿を変えて、ルナは宴に顔を出していた蒼枇にこっそりと近づいた。

「ああ…、お疲れ様」

虚弓の姿に、蒼枇がおっとりと微笑む。

「助かったよ。すごい効き目だった。でもあの薬、何なんだ？」

ちょっと眉をよせて尋ねる。

というか、そもそも、ペガサスにもどれなかった原因がわからない。

「ああ…、あれね」

軽く肩をすくめた蒼枇が、手にしていた葡萄酒を一口飲んでから、あっさりと答えた。

「あれはただのうがい薬だよ。ああ、飲んでも別に害はないからね」

「う、がい……薬？」

ルナは思わず目を見張った。あっけにとられる。

「偽薬といってもいい。気休めみたいなものだ。別にあの薬のせいで、あなたがもとの姿にもどれるようになったわけじゃない」

「じゃあ…、なんで？」

ほうけたようにルナは尋ねた。

「あの時重要だったのは、まずあなたと公荘にキスさせないことだったからね」

「え…？」

まったく意味がわからない。

「おもしろい男だと言っただろう？」

そんなルナの顔を眺めながら、蒼枇が喉で笑う。

「公荘を都に呼んだのはね、礼という意味もないではないが、本当は私が近くでもっと観察したかったからなんだ」

「観察……？」

――なんで？

「あの男…、公荘はおそらく、グリフォンの系譜だよ」

「グリフォン…!?」

ルナは大きく目を見開く。

「そう。最初に公荘を見た時の、うちの動物たちの反応からすると、おそらく間違いない。とは言っても、その血はずいぶんと薄い。せいぜい曾祖父《そうそふ》か曾祖母《そうそぼ》、もしくはその親のどちらかがグリフォンの落とし子だったんじゃないかな」

ルナはぽっかりと口を開けたまま、しばらく声も出なかった。

「君にとっては天敵だね」

そんなルナの表情を眺めて、おもしろそうに蒼枇が言う。

そう、天敵だった。なにしろ、グリフォンの好物は馬で。

いや、もちろんペガサスは馬ではないが、かつて死闘を繰り広げたこともある。

「一種の防衛本能かな。君は本能的に警戒したんだ。グリフォンの匂いや体液…、キスとかね？ その影響が残っているうちは、ペガサスにもどらないように」

穏やかに説明した蒼枇の顔を穴が空くほど見つめ、ルナは体中から抜けきるような勢いで息を吐いた。

「あの、そのこと、公荘の方は…？」

うかがうように尋ねてみる。

「もちろん、知らないよ。想像もしてないだろうね。特に言う必要もないことだし、だからといって特別な力があるわけでもないし。まあ、普通の人間より動物的なカンがいいくらいかな」

なるほど、とルナはうなった。それでか…、といろいろと腑《ふ》に落ちる。

「ああ、そういえば、公荘は今日のご褒美《ほうび》にペガサスに触れさせてもらったんだってね？ 実にうらやましい話だ。私はまだ一度も触ったことがないんだよ」

ふいに思い出したように、いかにも意味ありげに言われて、げふっ、とルナは持っていたリンゴジユースにむせそうになる。

「そ、そうですか…」

ええ、もちろん知っています。

と、内心でつぶやきつつ、ルナは引きつった笑みを浮かべた。

コワイ男に借りを作ってしまった…、と背筋がゾクゾクする。

しかしルナとしても、まだ馬体実験につきあう勇気はない。

蒼枇の方も、それ以上、圧力をかけるつもりはないようだった。……今のところは、だが。

唇の端で小さく笑って、付け足すように言う。

「まあ、だから、彼と一緒にいる間は君がペガサスにもどることはないと思うよ。そうだね、よっぽど馴染んで、君の方が本能的な警戒心のかけらもなくなったらわからないけど」

公荘と一緒にいる間。

「朝起きたらペガサスが隣で寝ていた、なんていうことで驚かせたりしないから、安心していいよ」

さらに何でもないようにさらりと続けられ、ルナはちょっと赤くなってしまった。

「別に…、そんな心配は」

視線を漂わせ、もごもごと口の中でつぶやく。

「そう？」

とぼけたように蒼枇が首をかしげる。

「まあ、きっと彼が唯一の人間だよね。君が朝まで一緒にベッドでいられる」

……そう。その温もりを、今まで知らなかったのだ。

千弦たちを心のどこかでうらやましく、横目に見るだけで。

王宮内では華やかな宴になっていた。

ふだんそういった席を嫌う千弦だったが、さすがに他国から客人をもてなす場に一位様が姿を見せないわけにはいかない。

客人たちにとっても、ペガサスがいる、ということを確認したあとでは、いささか気持ちが上がっているのか、あるいは下がっているのかわからないが、酒は欲しいところだろう。

蒼枇に会うことだけが目的だったから、ルナはすぐに退席した。

早々に立ち去ろうとするルナをめざとく千弦が見つけ、ちょっと不服そうににらんでくる。

が、それは千弦の役目だ。今日のルナの仕事は終わった。

公荘の仕事も終わっているはずだった。

あのあと尋問を受けた二人は、仕事を依頼した男の名前を口にした。

左紺という男だった。騎兵隊大隊長である伏路の副官。

十年以上もの長きにわたり、月都の軍に潜りこんでいたらしい。

当然、直属の上官である伏路の監督責任は重く、何らかの処分が下るはずだった。少なくとも、降格にはなる。

貴瀬や公荘については、そんな今日はまだおおっぴらにできない功績があったため、千弦の方から特別な計らいで褒美が出されていた。

二人の希望を聞いて、だったが、その希望が——ペガサスに会うこと、だったのだ。

千弦から打診され、まあ、いいか、とルナは二人と直に対面した。

本当に特別なことだったが、二人に翼や身体を触らせてやった。

さすがに緊張した様子で、もちろん虚弓の姿と重ねるようなことはできなかっただろう。

素性を知った今なら、公荘に腹を撫でられるとゾクゾクした意味がわかる。

だが、その恐怖にも似た痺れが、身体の奥にじわりとした熱を生み出していた。

何だろう…？　もっと強く、その命を預けるような恐怖を感じてみたい、と。

思いきり嚙みついてほしい。嚙みついてやりたい。血が滴《したた》るくらい。

そんな倒錯した思いを鎮める方法が一つしかないのはわかっていた。


「ふーん…、狭い部屋だな」

急襲するみたいにノックも何もなくいきなりドアを開け、見渡すほどでもない簡素な部屋を一瞥《いちべつ》して、ルナは独り言のようにつぶやいた。

実際、ベッドの他には何もない。壁に服を引っ掛けるフックがあるくらいだろうか。そして部屋の隅に放り出されていたバケツに小さな手鍋や皿が数枚、それにコップがざっくりとつっこまれているのを見ると、そのへんの野外でちょっとした自炊などもしているのかもしれない。

騎兵隊は厩舎に近い場所に兵舎が置かれていたが、公荘が寝起きしているのはそこからさらに裏の森の方に入った、もとは倉庫か納屋かに使われていたような小屋だった。

小隊長であれば兵舎でも一人部屋の特権があるのだが、第九騎兵小隊は公荘の赴任に伴って新設された部隊であり、ちょうど空いている部屋がなかったらしい。そのため公荘が空き家だったこの小屋を自力で補修し、勝手に使うことにしたようだ。

……と、公荘の部屋を探しにきたルナに、顔見知りになっていた配下の兵が教えてくれた。

やはり自由気ままな男だな、とちょっと笑ってしまう。

ルナの声にベッドに転がっていた男がふっと身体を持ち上げ、まともに正面からぶつかったルナの顔をじっと見つめてきた。

めずらしく驚いたような、そしていつになく、少しばかりとまどったような眼差しだ。

それをふっと逸らして、何かちょっと困ったように首筋を掻きながら短いため息をつく。

そんな様子に、ルナは急にギュッと胸の奥が苦しくなった。

もう自分に用はなくなった、ということだろうか…？

ルナのことは、罠に使うためだけにかまっていたのか。

そんなふうにも思ってしまう。

ちょっとグリフォンが混じっただけの人間の分際で。人をその気にさせておいて。

相変わらず人をいらだたせるのがうまい男だ。

ムカッとしながら、らしくもなく泣きそうになるのを、ルナはぐっとこらえる。

それでも気持ちを奮い立たせ、ルナは強いて何気ないように尋ねた。

「何を……してたんだ？」

「考えていた」

それに、ベッドから両足を下ろし、どっかりとすわり直しながら男が短く答える。

何を？　とちょっと首を傾けるだけで尋ねたルナに、公荘がまっすぐに視線を合わせてくる。

「どこへ行けばおまえを捕まえられるのか、な…」

じっとルナの目を見つめ返して静かに言われ、ルナは一瞬、頭の中が空白になる。

言われた意味を取り損ねた感じで、しかしすぐに、じわりとその言葉が沁みこんでくる。

「奥宮への立ち入りを許可されていない俺では、おまえの方から来てくれない限り、おまえを探しに行くことはできん」

静かに続けられ、ルナは何か言おうとして唇が開くが、なぜか言葉にならなかった。

ただ男を見つめ返すだけだ。

「考えてみれば、俺はおまえのことは何も知らん。だいたいのことはわかっているつもりだったけどな」

肩をすくめるようにして言う。

だいたい？　自分の何を知っているというんだ？　偉そうに。

そもそも、人をネコだと思っているくせに。

内心でむっつりと思いながらも、なぜかルナはむずむずと自分の口元が緩んでくるのがわかる。

少なくともこの男にとっては、本体がネコでも問題はないということだ。だったらペガサスでも問題はないはずだった。きっと。多分。……間違いなく。

自分でも悔しいような安心感が、体中に広がっていく。

「それで？　おまえはどうしてここにいる？」

黙ったままのルナの顔をちろっと確かめるようにして、公荘が尋ねた。

それにそっと息を吸いこんだルナは、着ていたコートをさりげなく脱いで腕に掛けながら、軽やかに口にした。

「奇特な婚約者もなくしたようだし？　かわいそうな男を慰めに来てやったんだが」

「それは……、ありがたいな」

殊勝《しゅしょう》に言いながらも、その目元、そして口元もにやりと意味ありげに笑っている。

「ちょうど、傷心で死にそうになっていたところだ」

「そんなに繊細な男だとは知らなかったな」

ルナの皮肉に、公荘が楽しげにうかがってくる。

「どうやって慰めてもらえるのかな？」

「何を期待しているんだ？」

調子に乗ったらしい男の問いに、ルナもとぼけたように問いで返す。

間合いを計るみたいに、ゆっくりと男に近づいていく。

「それはもちろん……」

じっとそんなルナを目で追いながら、男がのんびりと口にする。

そして次の瞬間――。

空を切るような鋭さでいきなり身体を伸ばした公莊が、ルナの腕をつかみとった。

がっちりと、狙い澄まして獲物の喉元に飛びかかってくるみたいに。

反射的に腕のコートで男の手を払い、身をかわそうとしたルナだったが、逆にそのコートを腕に巻きつけるようにしてうまくかわされる。

と同時に、とっさに逃れようとルナが動いた方向に、男の手が伸びてくる。

狭い室内に逃げきれる余裕はなく、あっと思った時には、正面からのしかかられるようにそのまま後ろの壁に身体が押しつけられていた。

――速い。

一瞬、息が止まり、ギュッと全身の毛穴が収縮する気がする。

恐怖――と、表裏一体の興奮。

いくら人の姿とはいえ、これほどたやすく捕まるはずはないのに。

やはり…、そのあたりがグリフォンの血を持つ俊敏さ、相手の動きを見切るカンのよさ、だろうか。

バサリ、とルナのコートが二人の足下に落ちた。

体温を感じるほど間近に迫った、いつになく真剣な男の顔を、ルナは瞬きもせずに見つめる。

「……おまえをたっぷりと味わいたいね」

光る目で、それこそ爪にかけた獲物を舌なめずりして楽しもうとするみたいに、男が口にする。

ぞくり…、と背筋が震えるのがわかる。

それでもルナは、鼻を鳴らすようにして返した。

「悪食で趣味の悪いおまえは、ふだんこれほど高級なモノは食べ慣れてないのだろう？　かえって腹を壊すんじゃないのか」

「試してみる価値はあるさ」

澄まして答えた男の身体がさらに近づいたかと思うと、両腕でしっかりと顔を囲うようにして唇が塞がれる。強引に唇がこじ開けられ、厚かましく熱い舌が入りこんでくる。

「ん……」

あっという間に舌が絡めとられ、吸い上げるようにされて、ジン…と頭の中が白く濁ってくる。

いつかの乾燥したキスとは違う。

ただ甘く、息苦しく、火照《ほて》る自分の身体を無防備に男にゆだねたくなる。

誰よりも危険な存在だとわかっているのに。

いったん唇を離して息を継いだ男が、すぐに再び、ルナの髪をつかむようにして唇を奪う。

そのまま軽々と身体が抱え上げられ、抵抗する間もなく後ろの薄いベッドへ落とされた。さらに、大きな身体がのしかかってくる。

「あぁ……」

ようやくルナは大きく息をついた。

「いいのか…？」

皮膚の硬い指先が頬を撫で、いくぶんかすれた声が尋ねる。

どこか、最後通牒《つうちょう》みたいに。

「ダメだと言ってやろうか？」

それに目をすがめるようにして返したルナに、男が吐息で低く笑う。

「勘弁してくれ…」

苦笑するみたいに言いながら、膝立ちになった男が着ていた上着を脱ぎ捨てた。

「もう…、待てそうにないな」

そんな言葉とともにルナの顎をなぞった男の指が喉元へすべり落ち、性急にボタンを外していく。

前が広げられ、冷たい空気がさわりと胸を撫でて、ルナはそっと息をつく。

「やっぱりキレイだな…。おまえの身体は」

男が手のひらをルナの胸に這わせながら、ため息とともに口にする。

「おまえの…、手に負えるのかな？」

小さく笑って挑発するように尋ねると、公荘の眼差しが楽しげに、そして意地悪く瞬いた。

「さぁ？　試してみるか？」

そんな言葉で唇が塞がれ、舌がねっとりと絡んでくる。

そのまま顎がなめられ、首筋へと唇を這わされて、確認するみたいに先行する男の手がルナの肌をすべり落ちる。

手のひらで胸を撫で、やがて指先が小さな芽を見つけ出して、引っ掻くようになぶり始めた。

「ん…っ、ふ……」

そのかすかな痛みと、何か得体の知れない疼きに、ルナはとっさに唇を嚙む。

「ほう…？」

そんな様子をおもしろそうに眺め、さらに男はそこを集中的にいじってきた。

指先で転がされ、押し潰され、さんざん好き勝手になぶられて、あっという間に硬くねだるみたいに尖《とが》ってしまう。

「なるほど…、ココが感じるようだな」

「ちが…、——あ…っ…」

耳元でささやくように言われ、とっさに否定しようとしたが、耳たぶが軽く嚙まれて、知らず危ういような声がもれてしまう。

と同時に、下肢にズキン、と甘い刺激が走った。無意識に膝をこすり合わせる。

「は…ぁっ…、あぁ…っ！　——ふ…ぁ…ん…っ」

そのままきつく乳首が摘まみ上げられ、鋭い痛みに身体を仰け反らせた次の瞬間、今度はねっとりとやわらかく濡れた感触になめ上げられて、ひどく恥ずかしい声がこぼれた。

「違うとは到底思えんが？」

「あぁ…っ、あっ…あっ…、や…っ……、やめ…っ」

憎たらしく言いながら、男が唾液に濡れて敏感になってしまった乳首をさらにきつくこすり上げ、同時にもう片方を舌で弾くようにしてもてあそぶ。

身体の奥底から湧き上がってくる快感の波に、ルナはあっという間に呑みこまれた。

正直なところ、誰かと身体を合わせるのは、もう何百年ぶり？　になるのだろうか。

ほとんど処女だ。もうちょっと丁寧に扱えっ！　……とわめきたいところだったが、もちろん口にすることはできない。

「もう…、よせ……、そこ……っ」

両方の乳首がさんざん遊ばれ、息も絶え絶えになって泣きそうにうめくと、ようやく男が指を離し、吐息で笑った。

「どうした…？　案外、うぶいな。それとも、そう見せかけてるのか？」

いかにも疑わしげに言うと、片手が脇腹を撫で下ろし、下着ごとルナのズボンを引き下ろす。

「あ……」

恥ずかしさに思わずルナは目を閉じたが、男の手が容赦なく両膝にかかり、強引に足が押し広げられる。

「ほう…」

つぶやくように言われて、たまらず頬が熱く火照った。

男の視線がじっと自分の中心に当たっているのがわかる。

胸へ与えられた刺激だけで、そこはすでに形を変えていた。あまつさえ、先端が濡れているくらいで。

「ココもきれいだ。形もイイ」

つぶやくように言いながら、するりと片手で撫で上げられ、小さな悲鳴が喉の奥で潰れる。

そのまま男のざらついた手の中でこすり上げられ、ルナはたまらず腰を揺すりながらあえいだ。

先端が指でもまれ、くびれがいじられ、根元の双球がやわらかく揉みしだかれる。

「あぁ……っ！　やぁ…っ」

片足だけが高く持ち上げられ、内腿が軽く噛まれて、たまらず悲鳴のような声が飛び出す。

痛みよりも、生々しい歯の感触が皮膚を突き破る。

ザッ…！　と全身が総毛立つような……甘い、恐怖。

そんな不思議な感覚に体中が包まれる。

トクッ…、と先端から蜜《みつ》がこぼれ、硬く反り返した茎《くき》を伝っていくのがわかった。

「いい反応だ…」

男が満足げに笑い、ルナは腹立たしく涙目でにらみ上げる。

それに余裕でにやりと笑い返して、公莊がルナの敏感な先端を指でつっつくようにいじった。

「——あぁ…っ！　あっ…あっ……ダメ……っ」

たまらず逃げようと腰をよじったが、到底逃れられず、逆にすっぽりとルナの中心は男の口にくわえこまれた。

「あ……、んん…っ」

そのまま口の中できつくしごかれ、巧みに動く舌でしゃぶり上げられて、腰をとろかすような快感にはしたなく腰が揺れる。

まるで、もっと、もっと、とねだるみたいに。

無意識に伸びた手が男の髪をつかみ、さらに中心に押しつけてしまう。

「あぁっ、あぁ…っ、ん…っ…ぁ…、いい……、いい……っ」

無意識に口走った声を聞いて、男がようやく顔を上げた。

「満足いただけたようで何より」

濡れた口元を指で拭い、にやりと笑って確かめるようにルナの顔を眺めてくる。

腹立たしく、ルナは男をにらみ上げる。

が、ふと気がついた。

膝立ちになっていた男の中心が、ズボン越しにもはっきりと形を変えている。

自分だけでなく、この男も。

そう思うと、ひどく楽しく、うれしい。

「……慰めてやろうか？　私ばかりでは悪いからな……」

そっと手を伸ばしたルナは、ズボン越しにその膨らみをもてあそぶようにしながらかすれた声で言った。

「いや…、今度にしよう」

そのルナの手を引き剝がし、いささか素っ気なく公荘が返してくる。

「うまいと思うけど？」

多分、だが。さして経験はないが、いろいろと器用な方だと思っている。

そうでなくとも、知識だけは蓄える時間が十分にあった。

「もしうまかったら…、ムカついておまえが泣いてあやまるまで許してやれなくなるぞ？」

「なんだ、それ…」

しかしむっつりと脅すように言われて、思わず喉で笑う。

──嫉妬、だろうか？

そう思うと、胸の奥がちょっとくすぐったくなる。

「今日は…、たっぷりと俺に可愛がられてろ」

言い捨てるように口にすると、男の手が無防備なままのルナの腰をぐいっと持ち上げ、片足を押さえこんだまま内腿に唇を這わせる。

そして片手でルナの中心をこすりながら、さらに奥へと舌先を伸ばした。

細い溝をこするようになめ上げ、いったん離した手で今度は奥を押し開くようにしながら舌をねじこんでくる。

「あ……」

頑《かたく》なに侵入を許さず、硬く窄《すぼ》まっていた襞《ひだ》が男の舌先に愛撫《あいぶ》され、やわらかく溶けていく。淫らに唾液を絡め、ヒクヒクと収縮を始めたのがわかる。

指先で引っ掻くようになぶり、かき分けるようにして硬い指が一本、じわりと入りこんでくる。

ルナが思わず目を閉じ、意識的に息を吐いた瞬間、ずるり、と指が根元まで埋められる。

「あぁ…っ」

思わず背筋が反り返したが、男の指はかまわず抜き差しを繰り返し、中を馴染ませていく。

何度もこすり上げられ、中がジリジリと熱くなっていくのがわかった。

さらに二本に増えた指が中を掻きまわし、あっという間に探り当てた場所を突き上げるようにしてはぐずぐずに崩され、たまらずルナは腰を跳ね上げる。

「ふ…、ぁ…っ、あぁ…、そ…こ…っ、——あぁ…っ、あ、ダメ…、ダメっ、まだ……っ」

男の指に操られるままに身体がくねり、次第に理性や意地が溶け落ちていく。

指が無慈悲に引き抜かれた時には、どうしようもなく浅ましい声を上げていた。

腰の奥が熱く疼き、もっとこすってほしくて、中をいっぱいに男の熱で埋めてほしくてたまらなくなる。

思わず大きく目を見開き、目の前の男を見つめてしまう。

そんなルナを、公荘がじっと見下ろしていた。

「何でかな…。最初に見た時から、おまえは俺のモンだと思ったよ」

ちょっと不思議そうにぽつりとつぶやき、大きな手のひらがルナの頬を撫でる。

そしてにやりと笑って、自分のズボンを引き下ろしながら言った。

「あんな格好であおられて、襲いかからなかった俺の自制心を褒めてほしいところだ」

……とてもそうは見えなかったが。

それでもルナは吐息で笑ってやる。

「ずいぶんチョロいな…。全裸くらいであおられるとは」

「見たこともないくらい、きれいな身体だったんでな」

臆面もなく口にすると、男がルナの腰を抱え上げる。

腰の奥の疼いてたまらないところに男の先端が押し当てられ、軽くこすりつけられて、淫らな襞がいっせいにそれをくわえこもうとうごめいてしまうのがわかる。

「いいな…。俺のを欲しがってる」

ため息のようにつぶやいた男を、ルナは涙目でにらみつける。

「早くしろ…！」

「お望みのままに」

うそぶくように言った男が、ゆっくりと自身を中へ埋めてきた。

「ん……、あ……、あぁ……」

じわじわと他の存在が自分の身体の中に侵入し、隙間なくいっぱいに満たされていく感覚を、ルナは全身で受け止める。

つながっている。絡み合っている。

その感覚は、かつて何百年も前に取っ組み合って戦った時の記憶にも似ていた。

ふいに血の臭いをふわっと鼻先に感じる。

——負けるつもりはない。

ルナは無意識に伸ばした手を男の肩にまわし、きつく爪を立てる。その肌を引き裂くほどに。

根元まで収めた男がやがてゆっくりと動き始め、さらに激しく突き上げてくる。

その荒く、切羽詰まって乱れた息遣いが妙にうれしい。

「たまらないな…」

熱く、かすれた声。

唇が重ねられ、舌が絡み合って、夢中で奪い合う。

「虚弓——」

「ん…、あぁぁぁ……っ！」

低く名前が呼ばれ、一番奥まで刺し貫かれた瞬間、ルナは前を弾けさせる。

ほとんど同時に、中が濡らされたのがわかった。

その瞬間、頭の中は真っ白で、ただ湿った熱い肌にすっぽりと抱きしめられ、おたがいの荒い息遣いだけが刻まれる。

やがてのっそりと動いた男の腕が軽々とルナの身体を抱き上げ、あっと気がつくと、男の膝にすわらされていた。

「バカ…っ、何をする気だ…っ？ ——ん…っ…、あ…っ」

思わずわめいたが、入ったままの男に中がこすり上げられ、たまらず危うい声がこぼれ落ちる。

それはまだ十分に硬くて。

「まだだ…。まだとても食い足りないな」

男は平然と言い放つと、ルナの身体の位置を直すようにしながら、上目遣いに見上げてくる。

楽しそうなその目は、同時にひどく熱っぽく、隠すつもりもない欲望が見える。

……そんなふうに見つめられることが、ちょっと悪くない、と思ってしまう自分にあきれてしまう。

「これは…、どうした？」

と、両腕を男の首にまわしてバランスをとっていたルナは、ふとそれに気づいた。

男の首筋からうなじにかけて丸く残っている、赤い痣《あざ》のようなもの。前にちらっと見た時には傷跡かと思ったのだが。

それは、ちょうど何かの――。

「何かの噛み痕《あと》みたいなヤツだろ？　それは生まれつきだ。妙な形だけどな」

そんな言葉に、ルナはひっそりと笑う。

「なるほど？　前世から女を泣かせてきたというわけだな」

「多分な。まぁ、女とは限らないが」

……そして、人間とも限らない。

これは、かつて自分がこの男の――血のルーツに残したモノだ。

グリフォンとの戦いの際、首筋に噛みついた痕。

それがわかっていたが、ルナはとぼけて言った。

「節操がないわけだ」

「味にはうるさいつもりだ。吟味して、最上のモノを選んでる」

意味ありげな言葉に、ふーん？　と疑わしげに眺めてやる。

「私にも選ぶ権利はあると思うけど？」

「俺のコレしか…、欲しくないようにしてやるよ」

自信たっぷりに口にすると、公荘がぐっとルナの腰をつかんだ。

そしてそのまま激しく腰を揺すられ、下から突き上げられて、ルナは高い悲鳴とともに大きく身体を仰け反らせた。

「——あぁぁ…っ！　んっ…、あっ、あぁっ……、あぁぁ……っ」

男の手が愛おしむようにルナの肌を撫でる。軽くイタズラするみたいに指先で乳首がいじられ、思わずきつく腰を締めつけてしまう。

喉で笑った男がルナのうなじに手を伸ばし、顔が引きよせられて、濃厚なキスが与えられた。

しばらくそのキスに酔い、やがて男の動きが止まっていることに気づいて、今度は自分の腰がねだるみたいに動いてしまう。

誘うように軽く揺すってみるが、男はとぼけた顔をしてみせるだけで。

ムッとして男をにらみ、しかしどうしようもなくルナは自分で腰をうごめかした。

しかし、それだけでは全然足りなくて。もの足りなくて。

いつの間にか膝立ちになったルナは、自分から腰を上下させ始める。

「んっ…、ふ…ぁ…、あぁ…っ、あっ、いい……っ！」

無心に男のモノを貪り、激しく腰を振り立てる。

「くそ…っ」

それまで余裕を見せていた男が低くうなると、ルナの腰をつかんで下からも突き上げてくる。

快感が全身で渦を巻き、熱い波に呑みこまれていく。

ルナは男の肩にしがみつき、痣の痕をなぞるように噛みついた。

「――つっ…！」

瞬間、男が中で達したのがわかる。ほとんど同時にルナも極めていた。

しばらく荒い息をつきながら、ルナはぐったりと男の胸にもたれこんだ。

温かい、大きな力に包まれる安心感がいっぱいに満ちてくる。

……いや、でも油断はできないのだ。

なにしろうっかり慣れてしまったら――。

「勘弁しろ…」

思わぬタイミングで自分自身驚いたのか、ようやく息を整えた男が絞り出すようにうめく。

ルナは思わず喉で笑ってしまった。

なるほど、公莊の弱いところは、この痣の部分かもしれない。

「おさまらないじゃねぇか…。いつまでつきあってもらえるんだ？」

ルナの身体を抱き直しながら、男が悪い顔でうかがってくる。

「朝まで、だ。おまえにその体力があればな」

微笑んで、うそぶくようにルナは答える。
この男の隣で目覚める朝は、きっとルナにとっては初めての、特別な朝だった――。

end.

# ルナティック キス

月都《つきみや》の騎兵隊、第九小隊の小隊長を務める公莊《くじょう》は、この日、中宮にある一位様の執務室まで赴《おもむ》いていた。

正確には、執務室のある棟の一階出入り口脇の一部屋、だ。

政務の大半をここか、奥宮の私室で行っている千弦《ちづる》だったが、中宮の方であれば公莊の立場でも近づける。

そして千弦は、この中宮の執務室においては、王宮内のあらゆる人間からの陳情や申し立てを受け付けていた。

もちろん、そのすべてに目を通し、応《こた》えるような余裕はなかったが、担当の秘書官が重要だと思われたものは千弦にまわし、なかなか目の届かない問題をすくい上げようとしている。

実際のところ、千弦のところへ行き着く前に秘書官の方で処理してしまえる程度の問題も多かった。

そのため、どこへ持っていったらいいのかわからない問題を抱えた者たちで、この受付の部屋は常に多くの人間が出入りしている。

公莊もその列に末尾についたのである。

軍人が――しかも威風堂々《いふうどうどう》と体格のいい――混じるのはやはりめずらしく、まわりの視線を感じたが、公莊としては特に気にしていない。

やがて順番がまわってきて、公莊は担当秘書官の前に腰を下ろすと一位様への謁見《えっけん》を申し込んだ。

三十前後の女性秘書官は、なかなかの美貌《びぼう》である。

本来なら、一下士官が一位様と直に対面などできるはずはなく、無謀な話だったが、それを通そうと思えばやはりここに来るしかない。

どうやら他にも同じ要望を出している人間は多いようだった。

秘書官が手元で書類を作りつつ、ちらっとさりげなく、しかし鋭い目で公荘を観察する。

そして事務的に、横にあった順番待ちの名簿を公荘に差し出した。

「では、こちらに名前と部署を」

「これはまた、長いですな。どのくらいかかりますか？」

それを手元に引きよせ、公荘は思わず苦笑いした。

ざっと見ただけで百ページは下らないだろう。

「さあ…。今のペースでいきますと、三年というところでしょうか」

「三年」

さらりと答えられ、さすがにちょっとため息をつく。

「火急のご用件でしょうか？」

淡々と聞かれて、少し考えこむ。

「火急…、とは言えないようだ。ただ一つだけ、確認したいことがある」

「一位様にですか？」

「そう。一位様ご本人以外では、確認していただけないことなので」

「わたくしが承って一位様におうかがいし、あなたにお返事するということではいけませんか？」

机の上で指を組み、秘書官が穏やかに尋ねてくる。

「いえ、ぜひとも直にお尋ねしたい」

特に感情的になることもなく、ただ静かに公荘は伝えた。

「それだけ重要な確認だと？」

ちょっと考えるように、秘書官が聞いてくる。

「重要……というと、少し違うかもしれません。私にとっては、さして重要な意味を持つことではない。ただもしかすると、一位様にとっては重要なことかもしれません。ですから、それを確認したいのですよ」

そんな公荘の説明に、ふいに相手が微笑《ほほえ》んだ。

「興味をそそる、お上手な言い方ですね」

「俺はどちらかと言えば口下手な方でね。単なる事実だ」

軽やかに返した公荘に、秘書官がなるほど、とおもしろそうに一つうなずく。

さすがに一位様がそばに置いているだけあって、これを一笑に付さないあたりは目端が利いている。

ふと、今は牢にぶちこまれている桔梗《ききょう》あたりも、迷わずまっすぐに出世していればこのくらいにはなっていたかな、という気がした。

「わかりました。調整できるかどうかはわかりませんし、ご期待に添えない可能性の方が高いかとは思いますが、ご意向をうかがってみましょう」

素早く手元でメモをとって、過不足なくそれで面談は終了する。

公荘も席を立って外へ出た。

そしてめずらしく中宮にある兵士用の食堂で昼食をとり、いったん厩舎へ帰ろうとした時だった。

「——公荘！」

いきなり野太い怒号が響いたかと思うと、ものすごい勢いで騎兵隊の総司令官がまっすぐに迫ってきた。馬というよりは、猪のような勢いだ。

現在、大隊長である伏路《ふくじ》が処分待ちの謹慎中のため、今はこの総司令官が公荘のすぐ上の上官ということになる。

「きさま…！　一位様に陳情を行ったそうだな!?　上官である俺の頭越しになんということをしてくれたのだっ！」

どうやら誰かがご注進に及んだらしい。まあ、あれだけ目立っていれば、誰かに見られていたとしても不思議はなかった。

軍人なら泣き言を言うな——というのが軍の基本姿勢であり、そもそもそんなところにいるはずのない人間なのだ。

「おまえは自分のしたことがわかっているのか！」

ひどくあせったように、真っ赤な顔で激高する男に、公荘はつらっと言った。

「謁見がかなうかどうかの問い合わせをしただけですよ。ダメならダメだと返事がくるでしょう」

「そんな願いを出すこと自体が生意気なのだ！　いったい……いったいきさま、自分を何だと思っている!?　だいたい一位様にお目通りして何を言うつもりだ!?」

怒りと不安にぶるぶると震えている。

「別に、軍の内部告発をしようとか、上官への不満を直訴しようとか、そういうつもりではありませんがね」

「なっ…、あ…あたりまえだっ！」

男はひっくり返った声で叫んだものの、内心ではそれを恐れていたのだろう。

「当然でしょう。閣下に、そのような心当たりがおありのはずはありませんからね」

にやりと公荘はすごみのある笑みを浮かべてみせる。

「そっ…そうともっ。当然だ！　……で…ではいったい、どのような用件なのだ…？」

うかがうように尋ねてくる。

「私的なことです」

貴瀬《きせ》か、あるいは牙軌《げき》あたりをつかまえて頼んだ方があるいは早いのか、とは思ったが、やはりここは筋を通すべきだろう、という気がしたのだ。

素っ気なく言った公荘に、男が爆発した。

「私的だと？　たわけたことをっ。おまえが一位様にどんな私的な話があるというのだっ！　だいたいきさまごとき一兵卒が――」

真っ赤な顔で怒鳴り散らしている上官の言葉は耳から抜かし、せめて貴瀬くらい話のわかるやつが騎兵隊の総司令官になってくれないもんかな…、と公荘は内心でぼんやりと考える。人材がいねぇなー、といささか不遜《ふそん》に。

と、その上官の肩越しに見覚えのある顔が近づいてきた。先ほどの秘書官の女性だ。

「お話中、失礼いたします、総司令官殿。……ああ、公荘殿も。ちょうどご一緒でよかったわ」

にっこりと微笑む。

「これは…」

何か酸っぱいものを飲んだみたいに、上官がいきなり黙りこんだ。

「先ほどはありがとうございました」

丁重に言った公荘に、秘書官がテキパキと話し始める。

「いえ。一位様よりお返事を承ってまいりました。このところ立てこんでおり、思うように時間がとれずに申し訳ないと」

その言葉に、弾かれたように上官が身体《からだ》を伸ばした。

「この男がバカげたことを申しまして…っ。いえ、どうかそのまま……」

早口に言いかけた男を無視して、秘書官は続けた。

「ですので、三日後に予定されております行幸《ぎょうこう》の際、公荘殿の部隊に警護を任せたいとの一位様のご意向です」

その言葉に、へっ？　と上官が間抜け面をさらす。

「その折であれば、行き帰りの時間があるのでちょうどよいのではと。いかがでございましょう？」

「私の方に異存は。……上官の許可さえ、いただけるのでしたら」

澄ました顔で公荘は答えた。

「よかったですわ。つきましては、総司令官殿にご配慮をいただきたいのですが？」

丁重ながら押しの強い、有無を言わさない言葉。

「はっ、あの…、それはもちろん……」

公荘と秘書官の視線をまともに受け、しどろもどろになりながらようやく総司令官が口にした。

「では、そのように。よろしくお願いいたします」

ピシリと一礼して、颯爽《さっそう》と帰っていく。

むしろ、この人が上官でもいいくらいだがな…、とその後ろ姿に内心で公荘はうなった。

◇　◇

失礼いたします、といくぶんかしこまった太い男の声が隣室から聞こえてきた。

そちらにいた女の秘書官が対応するはずだったが、千弦のそばで仕度を手伝っていた牙軌がハッとしたように視線を上げた。

「公荘殿のようですね」

どうした？　と千弦が視線だけで問うと、察して牙軌が答えた。

「挨拶《あいさつ》にみえられたのでしょう」

その言葉に千弦はうなずく。知らず、唇に小さな笑みが浮かんだ。

「そうか」

秘書官にその名を告げられてから、ずっと会うのを楽しみにしていた。なにしろ、あの、ルナの男である。

それにしても、こんな形で願い出てくるとは思ってもいなかったが。

牙軌は会ったことがあるようだったが、千弦には今までその機会がなかったのだ。

騎兵隊の小隊長だというから、接点がまったくないわけではないはずだが、どうやら公荘は王族のそばで警護する立場にはないらしい。

もちろん、名指しで呼び出すことはできる。が、騎兵隊の職務権限を侵すことになるし、その場合、まわりの憶測を呼ぶことは間違いなく、千弦の立場でうかつにできることではなかった。この身分もなかなか厄介なのだ。

しかもおそらく、話の内容はルナ——虚弓《こきゅう》の素性にも関わってくることだけに、誰かによけいな疑問を持たれるのもまずい。

この日、千弦は王都に新しく設立された病院の開院式典に出席する予定だった。

馬車での移動である。そのため、通例通り、騎兵隊の一小隊が警護として随行することになっていた。

ふだんならば、騎兵隊の方でその役目に当たらせる者を選任し、千弦が口を挟むこともないのだが、今回は公荘の第九騎兵小隊を指定したのである。

実際のところかなり異例ではあったが、千弦としても会えるものなら会っておきたかった。

公荘が自分に用があるとすれば——おそらく為政に対する不満や要求などではなく——やはりルナについてのことでしかない。

「これは…、牙軌殿」

「公荘殿、本日はよろしくお願いいたします」

一足早く隣の部屋に向かった牙軌と、その公荘という男が気安い様子で挨拶を交わしている声が聞こえてくる。

そして仕度を終えて姿を見せた千弦の気配に、男がすっと向き直った。

おたがいにまっすぐに目が合う。

相手を推し量る、というのとは少し違うのだろう。公荘の方は十分に千弦のことは知っているはずだし、千弦にしても、ルナの相手、というだけでただ者でないことはわかっている。

「本日、警護の任に当たらせていただきます、公荘と申します」

男が型どおりに敬礼する。

「よろしく頼む」

千弦も過不足なく返してから、一言、付け足した。

「おまえか」

——と。

なるほど、「一位様」である千弦の前でもへつらう様子はなく、堂々と落ち着いた風情だ。

千弦とまともに視線が合わせられる人間はめずらしい。それだけでもたいしたものだった。

短い千弦の言葉に、男も鋭く察したようだ。

つまり、千弦の方も自分の名前を聞いている——、と。

公荘は何も言わなかったが、わずかに目をすがめる。

実際、誰から、何をどんなふうに聞いているのかわからないわけで、うかつに口を開けないということだろう。

剛毅な雰囲気だが、冷静な判断もできる男のようだ。

「ほう…、このような男が趣味なのか…」

ただ千弦の方はそれほど気を遣う必要はなく、不躾《ぶしつけ》なほどまじまじと男を眺めて、口の中で小さくつぶやく。

ルナとは生まれた時からの長いつきあいだが、初めてそういう意味での好みを知った気がした。

正直、意外だ。何というか、もっと可愛らしいタイプの女——なり、男なりを相手にするのかと思っていた。

ともあれ、今日のこの異例の機会は、男の方から望んでのことだ。

「私に確認したいことがあると？」

さらりと尋ねた千弦に、は、と公荘が短く首肯《しゅこう》した。そしてちらっと、牙軌の方に視線を向ける。

「この男はよい。牙軌は私に関わることで知らぬことはない」

意味を察して、千弦はあっさりと返す。そしてテキパキと続けた。

「歩きながら聞こうか」

なにしろ時間に追われている身だ。だからこそ、公荘との会見がこんな状況になる。

とはいえ、正式な時間をとれば、それはそれでまた怪訝《けげん》に思われるだろうから、このくらいでちょうどいいのかもしれない。

「はい。では、……虚弓、という名に一位様は心覚えがございますでしょうか？」

先導する立場の公荘が、千弦の歩幅に合わせながら、一歩先から尋ねてくる。

いきなりど真ん中だ。

とはいえ、千弦がルナから公荘の話を聞いたことはなかった。

あまつさえ、そういう関係なのだ、などとはルナの方から言うはずがない。……人の恋路にはあれだけ口を挟んできたくせに。

もちろん、このところのルナの様子、というか、雰囲気が変わってきているのには気づいていた。

何かウキウキとしていたし、何より千弦たちにちょっかいをかけてくる頻度が減ったのだ。

公荘の、騎兵隊の厩舎の方へよく行っているらしいという話を牙軌が聞きつけてきて、また近衛隊総司令官の貴瀬からも、「そういえば、一位様の守護獣の世話係と聞きましたが、虚弓という男が私の友人の公荘とかなり親しいようですね」とかいう話を聞いていた。

そのうち、きちんと問いただそう、とは思っていたが、実際、ルナがどれだけのことをこの公荘という男に話しているのかもわからないので、千弦としてもうかつなことは口にできなかった。

ただ、千弦に直接話が、ということは、やはり「守護獣」ということを意識しているせいだろう。

ともあれ、今日はこの男の目的を知る必要がある。

「虚弓、か…。もちろん、よく知っている」

千弦は平静にそれだけを答えた。

「一位様の…、大切な者でしょうか？」

つまりそれは、守護獣か、ということを聞いているのに等しい。

それに、短く息を吸ってから、千弦は淡々と答えた。

「そうだ。もし…、虚弓を傷つける行為があれば、私に弓を引くことと心得よ」

静かなだけに揺るぎのない言葉に、ふっと一瞬、公荘の足が止まり肩越しに振り返る。

千弦の目を見て、わずかに顔を伏せた。なるほど、と自分に言うように小さくつぶやく。

「誰か…、他の者がその名を騙《かた》っているという可能性は？」

再び歩みを進めながら、公荘が確認してくる。

「それはあるまい。虚弓の名を知っている者の方が少ない。おそらく……、おまえと同じ認識で知っている者はこの牙軌くらいだな。まあ、蒼枇叔父《そうびおじ》や守善《しゅぜん》も知っているかもしれんが」

そんな千弦の言葉に、公荘がふぅ…、と息を吸いこんだ。

何かの決意か、覚悟のように。

「……わかりました。ありがとうございます」

「それで？　どうするつもりだ？」

少しばかり愉快な気分で男の襟足《えりあし》から頬《ほお》のあたりを眺めつつ、千弦は尋ねた。

「どうも。ただ、確認しておきたかっただけです。……そう、それに」

ふっと公荘がわずかに振り返って、唇で笑ってみせた。

「私を、一位様に見ていただける機会があってよかったと」

「ほう？　なぜ？」

千弦はちょっと目を瞬《またた》かせる。

この男との会話がちょっと楽しくなっていた。今まで、そんなことを口にする人間はいなかった。

自分が、一位様とお会いできて光栄だった、と言うのが普通だ。

「もし一位様の目に私が適いませんでしたら、その時は、一位様は私をいかようにも処分できる」

「なるほど」

きっぱりとした男の言葉に、千弦はちょっと微笑んだ。

そう、千弦はその「守護獣」の「主」なのだ。当然、その権利は主張する。優先権は自分にある。

もし、その守護獣を不当に扱えば——。

「それはこれからの虚弓の様子を見て決めよう」

何だろう…、この先、この男との関係で一喜一憂するルナの姿が見られるとしたら、ひどく興味深く、きっと楽しい。

千弦は、それでも一歩踏みこんで尋ねてみた。

「おまえは……知っているのか？　自分の相手が何者なのか？」

実際のところ、ペガサスと知って相手にできるような度胸のある人間がいるのか？　という気もして。

それに公荘はあっさりと答えた。

「私の知っているのはあくまで虚弓でしかありません。が、それで十分です」

「そうか」

ならば、それでいいのだろう。二人の間のことだ。

……だが、別のことは気になる。

「そうだ。聞きたいことがある」

いくぶん厳かな口調で言った千弦に、何でしょう？　と静かに公荘が返してくる。

「ベッドの中で、あの男はどうなのだ？」

「とても可愛らしいですね」

何のためらいもない、打って返すようなやりとり。

「ほう…」

千弦は意外な思いでつぶやいたが、それまで黙って聞いていた牙軌がいきなりむせたように咳《せ》きこんだ。

「どうした？」

「いえ。……どうぞ、馬車の方へ」

表情をあらためて短く答えた牙軌が、扉の前につけられていた馬車へと千弦をうながす。

では、と、ここから自分の馬になる公荘が一礼するのに、千弦はうなずいた。

「会えてよかった」

微笑んだ千弦に、光栄です、と男が返してくる。

「見たい」

馬車の中で牙軌と二人きりになったとたん、千弦は向き直って牙軌に訴えた。

「卑怯だと思わないか？　ルナはさんざん私たちが愛し合うのを見ているのだから、ルナも私に見せてくれてもいいと思う」

当然の主張だと思うのだが、はぁ…、と牙軌はいささか歯切れが悪い。視線も落ち着きなく漂っている。

「どこでやってるのだ？　公荘の部屋でか…、ルナの？」

「どうでしょう。その時々なのでは」

「こっそり見られないか？」

勢いこんで尋ねた千弦に、牙軌が困ったように口にした。

「その…、寝所に潜んで、ですか？　無理でしょう。公荘殿は大変鋭い方ですので、誰かの気配があればすぐに気づかれると思いますよ」

「そうだ！」

ネコになって――ミリアの身体を借りていけばいいのだ！　と一瞬、千弦はそのアイディアに飛びついたのだが。

「……ああ、ダメか」

すぐに思い出す。

実は牙軌には内緒だが、千弦は昔よく、普通のネコであるミリアと自分の中身――魂《たましい》、といった方がわかりやすいだろうか――を入れ替えてもらい、ネコの姿で王宮内を探検していたのだ。ネコの姿で二人のところへ行けば、バレずに様子をうかがえるかと思ったのだが。

だがそもそも、ミリアの身体を借りるという高度なワザを使うにはルナの力がいる。さらにミリアの身体で千弦が動いている時には、ルナが千弦の身体（中身はミリア）の見張りというか、番をしてくれているわけで。……ぜんぜんダメだった。

「どうすればいいと思う？」

「……あきらめられた方がよろしいかと思いますが」

あっさりと牙軌が言ったが、そんな後ろ向きな意見は耳から抜かす。

「単純に、公荘に命じればいいのか……？」

うーん、と千弦は考えこんだ。

それこそ、一位様の権力でもって。実際、そのくらいしか自分の楽しみに使えるところはない。

「見せろ、と、……ですか？」

「まずいか？」

「一位様の品位に関わる気はしますが」

まじめな顔で牙軌が指摘する。

「品位などクソ食らえだが…、ううーん…」

ルナの影響か、一位様らしからぬ卑語が口をついて出る。

何かいい方法はないものか。

この日、月都の一位様は新たな難問を抱えることになった——。

◇　◇

「一位様に会ったって？」

この夜、遠路はるばる公荘の部屋まで訪れたルナは、少しばかり不機嫌に男に詰め寄った。

なにしろその会見が終わるまで、公荘も千弦も一言もルナには教えてくれなかったのだ。ついでに牙軌も。

会見というより、今日の千弦の行幸《ぎょうこう》に公荘の隊が警護に当たったらしい。

なにしろ、一位様のお供だ。ふだんなら第二か第三くらいの上の小隊がつく任務であり、間違っても「雑用係」である第九にまわってくるようなことはなく、ルナとしてはまったく想像もしていなかった。

そのため、千弦もいないしな…、と、今日は一日、王家の分家筋に当たる東雲《しののめ》家で、クマの守護獣であるゲイルとひさしぶりに遊んできたのだった。

しかし、千弦の行幸の予定などずっと前から決まっているはずで、警護の役目だってわかっているはずだ。

みんなで示し合わせて自分だけ仲間はずれにした、というわけではなかろうが、いずれにしてもルナがそのことを知ったら阻止するだろう、と思っていたからに他ならない。

もちろん、知っていたら絶対に阻止した。

いや、別に千弦に公荘を会わせたくないわけではなく、むしろ公荘を千弦に会わせたくなかった。

千弦から何を吹きこまれるかわかったものではない。

……その、つまり、これまでのルナの悪行を、だ（いや、もちろんちょっとした可愛いイタズラに過ぎないが）。

「何を話した？」

特に口止めはしていなかったし、もしかすると本体がペガサスだということも話したのだろうか、と思ったが。

いかにも不機嫌なルナに、公荘はコートを脱いで壁のフックに引っ掛けながら、あー、と思い返すように肩をすくめる。

「何…、ということはなかったな、実際。むしろ、一位様に俺を知ってもらいに行った、という感じだった」

そんな公荘の言葉に、今ひとつつかみきれず、ルナは額に皺《しわ》を寄せる。

なんだ、それは。……というか。

「謎は順に解いていくんじゃなかったか？　人に聞いて近道しようなどと、ずいぶんせこいな」

いらっとしつつ、腕を組んでにらみつけるルナを見つめ返し、公荘が低く笑った。

「そうじゃない。ただ仁義を切っておく必要があるかと思ってな」

「仁義？」

ルナは怪訝に首をひねる。

「おまえの恋人は俺でも、主は向こうだろ？」

静かに言われて、あ…、と思った。

いや、ルナ自身、守護獣だ、とはっきり認めたわけではなかったが、もうそのあたりは完全にバレているというか、暗黙の了解ということになっている。

そう思いたいなら思わせておく、というスタンスだ。

なるほど、だとすれば、公荘としては、優先権のある千弦に断る必要がある、と考えたわけだ。

意外と律儀だ。

……というか、恋人？

あらためてそう男の口から聞くと、ちょっと照れるというか、小娘みたいにドキドキしてしまう。

まったくいい年の――千歳を越える大人が。

「それで…、一位様は私のことを何と？」

正体を話したのか？　と、聞いたつもりだった。

「おまえを傷つける者は許さないと」

優しい眼差しで笑って、公莊がそれだけを口にする。

「あ…」

ルナはちょっと瞬きした。

千弦が——そう言ったのか。ちょっと胸が熱くなる。

「そう、か…」

視線を逸《そ》らし、ルナは小さくつぶやいた。

「大事にされているようだな」

「当然だ」

静かに言われ、ルナは鼻を鳴らすように返す。

「それだけか？　一位様が…、私についての明言は避けた？」

千弦の方で言わない方がいい、という判断であれば、ルナとしてもあえて口にはできないが。

まあ、ある意味、国家機密と言える。そして最終兵器だ。

「というより、俺の方で特に聞くつもりはなかったからな」

「どうして？」

しかしさらりと言われて、ルナはちょっと首をかしげる。

多分…、こだわることではないのだろうと思うし、ルナとしては、この男に知られてもかまわないような気はしている。

「私の本当の姿が見たくないのか？」

それはそれで、ちょっとむかつく。興味がない、と言われているみたいで。

「そりゃ、もちろん見たいさ。……だが、今じゃなくてもいい」

問いただすみたいに尋ねたルナに、公荘はあっさりと答えた。

「そうなのか？」

ちょっと意外だ。それほど気が長いとは。

どさりと古びたベッドに腰を下ろした公荘が、指でルナを呼び寄せる。

それこそ動物みたいに呼ばれて、ちょっとムッとしつつも男の方へ近づいた。

太い、たくましい両腕がルナの腰にまわり、軽々と膝の上に抱き上げられる。

この男の腕の中にいる自分――に、ちょっとドキドキする。

今にも捕食されそうで。でも、ルナもおとなしく食べられる気はなくて。

駆け引きとバトルだ。

「謎はゆっくりと解いていく方が長く楽しめそうだからな」

とぼけるように言いながら、公荘の手がルナのシャツの裾《すそ》をまくり上げ、背中にしっとりと手のひらを這わせてくる。

「まあね…」

男の首に両腕を巻きつけ、上体を反らしながらルナは微笑んだ。

「それに、いろいろと想像してみるのも楽しそうだ」

どこか意味ありげに、何か企んでいるみたいに、じっと男がルナを見つめてくる。

「いろいろ？」

ちょっと胡散臭《うさんくさ》く、ルナは聞き返した。

「ベッドの上のおまえを」

にやりと公荘が笑う。

「気まぐれで、好奇心旺盛で、ネコと言われればネコだし…、鷹《たか》のように鋭い目と爪も隠していそうだし？」

そんな言葉に、なるほど、とルナは低く笑った。

そういう想像なわけだ。

「――んっ…、あっ…ん…っ」

と、シャツの下から両手で背中を撫《な》でまわしていた男の指が、ふいに肩の下の骨が突き出した部分をかすめるように愛撫《あいぶ》し、ビクビク…っ、とルナは身体を震わせる。

「おまえ、ここ弱いな…」

楽しげに喉《のど》で笑われて、ルナはちろっと男をにらむ。

仕方がない。そこは翼の生えるあたりなのだ。敏感だった。

男と過ごす時間が増えるほど、否応なく身体の弱い部分が暴かれていく。むしろ、新しく見つけられていく。

ルナ自身、まったく知らなかった、信じられないような場所も。

いつか本当に、全部、骨まで食べられてしまうかも、という、どこか甘美な恐怖が身体を包む。

「一位様の守護獣というと…、他に何がいたかな？」

ふむ、と公荘がちょっと考えこむ。

顎《あご》に、喉に、口元にキスを落として、意外と器用な指先がルナのシャツを脱がしながら、口調だけは憎たらしく、平然としたままだ。

千弦の守護獣についてはいちいち公表しているわけではないので、自然と知られている以外にどんな動物が守護獣なのかなど、普通の人間にはわからないだろう。

だが、もっとも有名なのはもちろん。

「ペガサス」

微笑んで、大本命をルナは指摘する。

「ペガサスか…」

それに公荘が吐息で笑った。

だがこの表情からすると、とても本気では考えていないようだ。それだけはないな、という感覚だろうか。……よく考えてみれば、失礼な話だが。

「それはあまり考えたくないな…」

「なんで？」

しかし顔をしかめてつぶやいた公荘に、ちょっとうかがうようにルナは尋ねる。

ペガサスだと何かまずいのか？　ペガサスだけはダメなのか？

そんなことを言われそうで、ちょっと恐くなる。

「そりゃあ…、おまえのブツが馬並みだったら、俺が自信をなくしそうだからな」

まじめな顔で言われて、ルナは一瞬、絶句し、次の瞬間、ぷっと噴き出した。

男の膝の上で、男の肩をバタバタたたきながら爆笑する。心配して損した。

「や…、馬じゃないからね。私はささやかに形で勝負することにしてるんだ」

笑い転げてにじんだ涙を指先で拭いながら、それだけは明言しておく。

そして男の肩に両腕をかけ、憎たらしい顔をのぞきこんだ。

「そうだね。日替わりでいろいろと楽しめるといいかもね。……つまりおまえは、その動物に合った可愛がり方をしてくれるわけだ？」

ルナとしても、それはそれでちょっと興味がある。楽しそうだ。

ふぅむ…、と公荘が顎を撫でた。

「研究が必要そうだな。どの動物はどこが弱いのか、蒼枇様にでも習っておかないと」

「……ヘンなことは教わるなよ？」

急いでクギを刺しておく。

しかし考えてみれば、この男はきっと、馬の扱いが一番うまいのだ。

だとすれば……ルナがいつも、この男の腕の中でメロメロになってしまうのも仕方のないことだった。

「では、今日は何の動物になってくれるんだ？」

にやにやと、公荘が意向を尋ねてくる。

「じゃあ…、今日はネコにしとこうか？　すべての基本だな」

ちょっと澄まして、ルナは答えた。

ネコみたいに可愛がられるのも、きっと悪くない。

「それはめいっぱい機嫌をとって甘やかせということか？」

公莊が確認してくる。

「その通りだ」

答えたルナはグッ…と体重をかけ、男の身体を背中からベッドへ押し倒す。

腰の上に馬乗りになり、男のシャツをいくぶん強引に引き剝《は》がしてやる。

グリフォンを相手にマウントポジションがとれるのは、ちょっと気分がいい。

「撫でる場所に気をつけるんだな。間違えたら嚙《か》みつくから」

じっと見下ろして言ったルナに、男が唇で笑う。

「そりゃ恐いな…」

獰猛《どうもう》で、憎たらしくて、意地悪な――ルナの、一番近くにいる存在だった。

そう、獣《けもの》としては。

男がそっと手を伸ばし、ルナの頰に触れる。

指先で耳の下を確かめるみたいに軽く触れ、顎の下をくすぐるように撫でてくる。

うなじにまわった男の手がグッ…とルナの顔を引きよせ、唇が重なった。

熱い舌がたっぷりとルナを味わう。

体中、身体の中まで全部。
ゾクゾクするほど刺激的な、肉食獣のキスだった——。

end.

# あとがき

こんにちは。リンクスさんで今年初めての本になりますね。………本当にすみません。ガーディアン・シリーズの5冊目、そして最後になるんじゃないかと思います。ルナ様、ラスボスですものね（もしかすると、なんかの拍子でもう1冊出るかも、かも、ですが）。というわけで、ついに1冊目から脇でちょろちょろ動きまわっておりましたペガサス、ルナ様のお話です。当初はルナ様、私の頭の中では本当に高貴で崇高な正しいペガサスのイメージでしたので、月都のお話ですし、ルナという名前がするっと出てきたのです……が。どうしてこんなことになってしまったのか。2冊目のシークレットガーディアンで早くも美しいイメージが崩れ去り、ただのエロ馬になってしまってました。何でだろう？おかしいな…。脇でそっと見守る人（馬）のつもりでしたので、ルナ様のお話を書こうと考えていたわけでもなく、しかしいつの間にか主役を勝ち取りました。さすがペガサス。そんなルナ様を手玉にとれるのは、やはりこのくらいのオヤジじゃないかなー、と。ツンケンしつつも、この先も可愛がってもらえるんじゃないかと思います。そういえば、もふもふなシリーズなのですが、今回はストーリー上、ルナ様がほとんど人間の姿だったので、もふ度が低くてすみません。雪豹さんとフクロウがちょろっと顔を出しておりました。あ、ここにきてフクロウのご主人様が意外としっかり出てますね。シリーズを読んでいなくても問題はありませんが、ご存じの方はにやっとお楽しみいただければうれしいです。

こちらのシリーズでは、シークレット～に続いてイラストをいただきましたサマミヤアカザさんには本当にありがとうございました。そして多大なご迷惑をおかけしまして、本当に申し訳ありません。いただいたラフのおじさまのかっこいいこと！　さらにルナ様の可愛さにときめきました。ありがとうございました。そして編集さんには、相変わらず……とはとても言えないほど、今回はすさまじくお手数をおかけしてしまいました。本当に本当に申し訳ありません…。挽回の機会をいただければありがたいです。ううっ。

そしてここまでお待ちいただきました皆様にも、本当にありがとうございました。いやもう、今年は雪崩を起こすみたいにあちこちと連鎖反応的な延期が続いてしまいまして、読者さんにも編集さんにも、関係各所にも多大なご迷惑をおかけしております。じわじわと追いついているところですので、これからの後半戦、気合いを入れ直してがんばりたいと思います。また懲りずにお付き合いいただければうれしいです。

それではまた、早めに！　お目にかかれますように。

7月　そうめん、冷麺、ソバ、パスタ……の夏ローテ。

水壬《みなみ》楓子《ふうこ》

# 小説原稿募集

リンクスロマンスではオリジナル作品の原稿を随時募集いたします。

## 募集作品

リンクスロマンスの読者を対象にした商業誌未発表のオリジナル作品。
（商業誌未発表のオリジナル作品であれば、同人誌・サイト発表作も受付可）

## 募集要項

**＜応募資格＞**
年齢・性別・プロ・アマ問いません。

**＜原稿枚数＞**
４５文字×１７行（１枚）の縦書き原稿、２００枚以上２４０枚以内。
※印刷形式は自由。ただしＡ４用紙を使用のこと。
※手書き、感熱紙不可。
※原稿には必ずノンブル（通し番号）を入れてください。

**＜応募上の注意＞**
◆原稿の１枚目には、作品のタイトル、ペンネーム、住所、氏名、年齢、電話番号、メールアドレス、投稿（掲載）歴を添付してください。
◆２枚目には、作品のあらすじ（４００字～８００字程度）を添付してください。
◆未完の作品（続きものなど）、他誌との二重投稿作品は受付不可です。
◆原稿は返却いたしませんので、必要な方はコピー等の控えをお取りください。
◆１作品につき、ひとつの封筒でご応募ください。

**＜採用のお知らせ＞**
◆採用の場合のみ、原稿到着後６カ月以内に編集部よりご連絡いたします。
◆優れた作品は、リンクスロマンスより発行させていただきます。
原稿料は、当社既定の印税でのお支払いになります。
◆選考に関するお電話やメールでのお問い合わせはご遠慮ください。

## 宛先

〒151-0051
東京都渋谷区千駄ヶ谷４−９−７
**株式会社　幻冬舎コミックス**
**「リンクスロマンス　小説原稿募集」係**

この本を読んでの
ご意見・ご感想を
お寄せ下さい。

〒151-0051
東京都渋谷区千駄ヶ谷4-9-7
(株)幻冬舎コミックス　リンクス編集部
「水壬楓子《みなみふうこ》先生」係／「サマミヤアカザ先生」係

リンクス ロマンス

# ルナティック ガーディアン

2016年7月31日　第1刷発行

著者…………水壬楓子《みなみふうこ》
発行人…………石原正康
発行元…………株式会社　幻冬舎コミックス
〒151-0051　東京都渋谷区千駄ヶ谷4-9-7
TEL 03-5411-6431（編集）
発売元…………株式会社　幻冬舎
〒151-0051　東京都渋谷区千駄ヶ谷4-9-7
TEL 03-5411-6222（営業）
振替00120-8-767643
印刷・製本所…共同印刷株式会社
検印廃止


ISBN978-4-344-83653-2 C0293
Printed in Japan

幻冬舎コミックスホームページ　http://www.gentosha-comics.net